人生を変えた55の言葉

著者
原田聖子

〜はじめに〜

この本を手に取ってくださったあなたへ。

あなたは今、お仕事は順調ですか？望む結果を得られていますか？自分で自分の人生を創っていかれる、と信じていますか？それとも、人生は誰かに操られていて、自分で創りだすなんて無理、と思っていますか？一生懸命行動しているのに、目に見える成果がなかなか出せない、何かを悩んでいるのに、それを誰かに相談したくてもできない状況にいませんか？

昔、といってもほんの20年ほど前までは、そんな職場のお悩み、人生のお悩みを相談できる「頼りになる先輩」が職場に1人はいたものでした。ちょっと年上の女性は「お局様」「ねえさん」と呼ばれたりして、怖がられたり避けられることもありました。でも、実際は面倒見もよくて「そういう時は、こうした方がいいわよ」と教えてくれることが多かったのです。そしてそのアドバイスは、先輩自身が自分の経験から見つけ出したもので、役に立つ上に、心を励まされるものでした。

でも今はそういう人が少なくなっているように感じます。周りから「お局様」と言われることを怖れたり、「余計なことをアドバイスされた」と相手から思われたらどうしよう、と思ってアドバイスをしなくなったり、と変化したのかもしれません。また営業成績を競い合う中で、人のことを思いやる余裕が減ったのかもしれません。

ああ、そんな人が、私の周りにもいてくれたらよかったのに。そう思ってがっかりしたあなた。大丈夫ですよ。この本があなたの「ねえさん」になります。私を養ってくれた考え方を全部詰め込みましたから。

私はファイナンシャルプランナーで、マネーセミナーの講師を務めることも多い保険のセールスパーソンです。でも最初からセールスが得意だったわけでも、保険業界一筋に歩んできたわけでもありません。むしろ若い時に1回保険業界に入って数年で「自分には向いていない」と思って辞めた過去があります。そう、私は保険業を1回、ドロップアウトした人です。

「お金のことを、もっとしっかりと知らなきゃいけない」という思いは常にあっても、保険とは遠い世界で生きていました。それでも40代になって、どうしてもしっかりとした収入が必要になった時、自分のがんばり次第で大きな収入が得られる先は保険業界しか考えられませんでした。そこで今回は絶対にここで成長する、という強い決意を胸に保険業界に2度目の挑戦をしました。

とはいえ、ほぼ新人状態の私でした。それでも今度は絶対に成長する、後は無いと決意していた私は、いろいろと試行錯誤をして、その後はフリーの代理店で、ありがたいことにご縁に恵まれた日々を送っています。でもここまでたどり着け、今でも楽しくやりがいを感じながら日々成長を実感している私には秘密があります。それが「ことば」です。

私をここまで育ててくれた、そしてこれからも成長させてくれるのは、本や、出会った人からの

「ことば」です。学びや気づきを得るだけではなく、時には心を温かく包み込んでくれる「ことば」。出会った「ことば」に励まされ、気づかされながら、行動をしていくことで、気づいたら私は大きく羽ばたいていました。

私が大きく変わり、成長できたのは「ことばの力」のおかげだった。それに気づいてからは、私の経験やその時々の思いを出会った人にはできるだけたくさんお伝えしてきました。

でも、実際にお会いできる人には限りがあります。その一方で「ねえさん」「お局様」がいなくなった職場で、迷ったり悩んだりしている人がきっといる。また、仕事で特に悩みもないし、セールスをしていない人でも、働いていない人でも、共通する課題は人間関係でしょう。でも人間関係にしても「これを知っていたら楽になる考え方」がわかったら、自分の人生や他の人に対する気持ちが根本から変われます。

私が感じて、成長して、変わることができた「ことば」が、同じように今、誰か1人にでも勇気を与えたり、背中を押す一言になったり、何か悩みを解決するきっかけになるかもしれない。同じように悩んだ人がいるんだな、と気づいただけでも、ほっとするかもしれない。人との関係を違う角度から考えられて、それからあとの人生が変わるかもしれない、と気づいたのです。

だから直接は会えないけれど、1人でも多くの方にこの内容をお届けしたいと思い、「ことばの力」

を信じてこの本をまとめました。

私は「幸せ」とは、自分で感じるものだと思っています。とはいえ、その「幸せ」を感じる力、他の人の考えにとらわれない感じ方を、私も最初は持っていませんでした。でもそれに気づかされたのも「ことば」なのです。

幸せは誰かがくれるものではなく、空から降ってくるものでもありません。そして何より自分が「幸せ」と感じなければ、いくら他の人がうらやむような状況でも幸せではありません。

逆に他の人がどう思おうと、自分が「幸せ」と感じられたら、あなたの今日は幸せになります。最初は「今日一日だけはこの本に書いてあったこの感じ方をしてみよう」と実行して、幸せを感じていただけたら嬉しいです。

でももっと嬉しいのは、それを続けていけば、あなたの人生は幸せがたくさん詰まった日々になる、と理解していただくことです。こうした毎日の小さな幸せの積み重ねで、人生はいつからだってやり直せるし、自分の人生は自分で創ることができるんだ、と気づいていただけ、勇気をもっていただけたら本当に嬉しいです。

この本では、私が経験したエピソードや、そこで得た教訓をもとに、皆さんが人生の中で直面するかもしれない様々な課題に対するヒントをお伝えしたいと思っています。特に、「心の在り方」と「行動すること」の重要性については、私自身が強く感じているテーマです。この二つは切り離すことができず、どちらか一方だけでは十分ではありません。心が穏やかで自分を受け入れながら、小さなことでもまずは行動することが、未来を変える力になるのです。

また、私は多くの異なる考え方や視点に触れることで、これまでの自分自身の見方を少しずつ修正してきました。人は、自分の感覚や経験に引きずられがちですが、異なる視点に触れることで、物事がまったく違って見えることがあります。私自身、多くの本や人々との出会いを通じて、新しい視点を得ることができました。

私はあなたがこの本を通じて、あなた自身の考え方や行動に変化をもたらすための「タネ」を見つけてもらえたら嬉しいです。この本が、あなたがこれから直面する困難や挑戦に対して、新しい視点を持ち、前向きに取り組むためのヒントになれば、と願っています。

人生には、時に自分の力だけではどうにもならないように感じる瞬間が訪れます。そのような時こそ、違う視点から物事を見つめ直すことで、解決の糸口が見えてくることがあります。この本が、そのような瞬間にあなたの心に寄り添い、少しでも力になることができれば、私にとってこれ以上の喜びはありません。

最後に、私はこの本を通じて、皆さんが「心の在り方」と「行動すること」を考え、取り組むことで、ご自身の人生はいつからでもやり直せること、そして自分の人生は自分で創れることを信じ続けてくださるように願っています。そして、あなたがこの本から得た「タネ」を、自分の中で大切に育て、やがてそれが実を結ぶ日が来ることを心から祈っています。

本は最初から順番に読んでくださっても良いですし、「これ、気になるな」と思う表題から読んでいただいても大丈夫です。1つの表題から必ず何か1つの考えをつかめます。表題の前に大きな分類がついていますので、ピン！ときた分類や題名で選んでいただくのも楽しいでしょう。

また一度読み終えても、人は成長していく限り、新しいお悩みや迷いが出てきます。その時に、もう一度この本の表題から自分の気持ちにあうものを選んで読んでくだされば、そこに何かあなたの問題解決や心を支えるものを発見していただけます。

さあ、これからあなたの「ねえさん」の、時には辛口のことばに耳を傾けてみてください。あなたの人生で何かが変わります。

目次

ねえさんのことば

1.《行動が大切》

「自分のおかれた環境に100%満足することは、ほぼありません」

人は自分のおかれた環境に100%満足することは、ほぼありません。いつも何かが足りず、小さな不満から大きな不満まで、大きさの違う不満が次々にやってくるのが人生です。

愚痴や文句を口にしたところで、不満が解消されたり、不満の原因がなくなるのでしょうか？

人に愚痴を聞かせることで、何かが解決するのでしょうか？
むしろあなたは、その人の貴重な時間を泥棒しているのと同じです。

また、ネガティブなことばをよく口にすると、自分の脳が腐ります。本当ですよ。ネガティブなことを言い始めると、どんどんネガティブな方向に世の中が見えるように、脳がセットされてしまうのです。

いつも文句ばかりを言っている人と、あなたはお友達になりたいですか？
もし答えがNoなら。
不満足な要因があったら、それを取り除く工夫に目を向けてみませんか？
どうしたらもっとうまくできるのか？
を考え、行動しましょう！

行動するしか、実は、不満の解決はできないんです。

人を変えることは、できないと知っておくことです。
人を変えるのではなく、自分が変わるしかないんです。

理不尽に合わせるのではなく、自分が変わる。
変えられないものに引きずられない。
これらの意味がわかることが大切です。

変えられないことに引きずられて、自分の機嫌を損ねるのは時間の無駄遣いです。
それよりも、自分の機嫌を自分で取る行動をしていきましょう！
自分の機嫌くらい、自分でとれるのが「素敵な大人」ですよね。

2.《心の在り方》

「どう思われるかより、どう在りたいのか」

どう思われるかより、どう在りたいのか。

誰かに嫌われようと、また、変だと思われようと、本来の自分が望む在り方を変える必要は、まったくありません。

あなたは他人の為に、この世にたった1人しかいない、大切な「自分」を消してしまうのですか？

たった一度きりの自分の人生を、他人の好むように変えてしまうのですか？

正解はあなた次第です。

みんなに好かれようとしなくてもいいんです。

誰にでも良い顔をする必要なんてありません。

人と人には、相性があります。

好きでもない人、苦手な人にまで無理に好かれようとしたり、よく思われようとする必要なんてありません。

たとえ誰かに嫌われても、それをどう思うか、どう捉えるかは自分の課題です。

他人が決める課題ではありません。


課題を受けてからの行動も、あなたの考え方一つできまります。

本当に大切な人でもない相手に嫌われないように生きたいですか？


それとも、あなたが振り返った時に「あの時の私、よくやった！」と自分を褒められるように生きたいですか？

「在り方」は、生き方に通じています。


他人から「どう思われるか」の方が大切ですか？

それとも未来の自分が、今の自分を褒められるよう「どう生きるか」の方が大事ですか？


正解はあなた次第です。

決めたら、迷わずやってみましょう。

行動することで、あなたの価値観が「在り方」として自分の中に育っていきますから。

コラム：ねえさんの裏話〜その1〜

【人間関係のお悩みについて】

私を表面から見ると、誰とでも笑顔で付き合っているように見えるでしょうね。もちろん、いつもそういう気持ちでいます。

でも私も普通の人間です。周囲の人との関係に悩んだことも数えきれないほどあります。私自身が、周囲の人の気持ちを敏感に察して行動しなければならない子ども時代を過ごしたため、人の怒りや負の感情に敏感な大人に成長しました。そのため人の感情を受け取りすぎて、人間関係に「疲れるなあ」と思うことも、もちろんあります。

人のお悩みの多くは、人間関係が関係していると思います。それでも「お悩みが増えるのが嫌だから、人とは一切関わらない」という生き方はできません。「人間は社会的な動物である」と紀元前３００年代にギリシャで活躍した哲学者アリストテレスが語ったように、人は生きていく上で、他人との関係構築が欠かせない生き物だからです。

とはいえ、そこは人間どうしなので、相性というものもあります。だから私でも「ああ、この人と嫌だけど付き合わなきゃいけないのか」と思うことも、「この人、悪くないんだけど、何故か深くお付き合いできない」と感じることももちろんあります。

そういう時に気を付けているのは、全方向の人に好かれよう、お役に立とう、と考えないことです。そうでないと、本当にはそんなに気にしなくていい他人の感情の波に、自分の感情が引っ張られてしまうからです。

ある人から自分だけが嫌われている気がした。自分の意見を言おうとしたら「もういいです」と頭ごなしに否定され、聞いてもらえなかった。なぜだろう？自分が悪いのかな？何か失礼なことをしたかな？と自分を責めたりイライラしたりする時期も、もちろん私にもありました。

でも、ある時に気が付いたんです。こうやって、人からのことばや行動を気にして感情を引っ張られても、自分がどんどんイライラするだけだ、ということに。

言った相手は、もうそんなことを私に言ったことすら忘れて、幸せな生活をしていることでしょう。それなのに、言われた私はそのことばに傷ついたまま、ずっと気にしながら生きていくのはおかしくないかな？これは自分で自分を不幸にしているな、と気づいたんです。

ちょうどその頃「自分の機嫌くらい自分でとれ」というフレーズを何かで読みました。最初は「これってどういう意味なの？」と思いました。でもなぜか気になったフレーズだったので「あれはどういう意味なんだろう？」と考えて深掘りし続けたのです。

そうしたらある日、「あ、あのフレーズ、本当だ！」とわかりました。自分の機嫌、つまり嬉しくなったり、逆にイライラしたり悲しくなったりする気持ちの状態、これを他人の言動のせいで上下動させる必要なんてない、ということが理解できました。

みなさんも「今日はAさんにこんなことを言われた」「Bさんのせいでこんな目にあった」と、悲しくなったり、「なんで私だけがこんな思いをしなきゃいけないの？」とイライラすることもあると思います。

そんな時は、わざと意識をそこから離してみてください。そしてあなたの感情、悲しい・悔しい・イライラする、の原因を作って、今でもあなたの感情を引っ張っている人が、この瞬間にどうしているだろう？と想像してみてください。

あなたの感情を引っ張る原因を作った相手は、自分の言ったことやしたことをすっかり忘れて、楽しく大好きなものでも食べています。そう、全く覚えていない可能性が高いのです。それなら、どうしてあなただけが、そんな人に言われたことばに傷ついて、ずっと悲しく、イライラしてしまうのでしょう。そうそんな必要はないんですよね。

人間関係で嫌だなあ、と思ったら「これは嫌だ」といったん心の整理をして、そこで嫌な感情を片付けましょう。いつまでも自分の感情を引っ張られたら、時間がもったいないです。それよりも嫌な感情をお片付けして、自分のご機嫌を取るために、大好きな美味しいものでも買って帰って食べてみてください。あなたを傷つけた相手が、すっかりそのことを忘れて美味しいものでも食べてリラックスしているように、あなたも今日あった嫌なことはすっかり忘れてしまいましょう。

何かあったら、意識的に自分で自分をご機嫌な状態に持って行く。これが人間関係をうまく築き、気持ちよく生活していく知恵だと思っています。

3.《心の在り方》

「忙しいという文字は」

忙しいという文字は
心を亡くすと書きます。

自分時間とは、
自分の好きな事
やりたい仕事
自らを高めたいと
自主的に使う時間です。

他人時間とは、
やらされている事
嫌な会社の飲み会
愚痴に使う時間です。

忙しくてやりたい事ができない時は、他人時間が多くなっているのかもしれない、と振り返ってみてはどうでしょうか。

忙しい、忙しいとストレスを貯めこむより、なぜ忙しいのか、と原因を考えるのも一つの解決方法です。

世界中の人には、全員平等に1日24時間が与えられています。

心を無くさない様にその平等な時間を使いたいですね。

1回きりの自分の人生、時間を大切にしましょう！

私もやりたい事に時間を使えるように自分時間の割合を増やしてみたら、「忙しいからできない」というネガティブなことばが減りました。

たとえ環境は変えられなくても、自分の時間の使い方は自分で決められます。

自分の人生、自分が主役！！

そう思うと、不思議にパワーが湧いてきませんか？

今日も自分が主役の一日を！

4.《時間の使い方》

「本にも鮮度がある。欲しいとときめいた時が最高の時」

本にも鮮度がある。
「欲しい！」と、ときめいた時が読むには最高の時。
そう思いませんか？

読む時間がないのではなく、読まないからいつまでも時間をつくれないだけです。

本の鮮度が落ちないうちに、
手に入れた本はすぐに読みましょう。
「欲しい」とときめいた、ということは、
あなたの心がその時、その本を必要としているからです。

時間がないから、なんて言い訳はせずに、読みましょう。
そうでないと、最高の出逢いをした、最旬の本の価値が落ちてしまいます。

例えていえば、とびっきり新鮮でおいしいお寿司を、
半日後に食べるようなものです。
あんなに新鮮なネタを使ったお寿司。
すぐに食べないなんて、もったいない！と思いませんか？

そう思ったら、心がときめいた本は
あなたの心が「今、この瞬間に」欲しいもの。
時間を作って新鮮なうちに、ぜひ読んでください。

5.《良いセールスパーソンになるには》《行動が大切》

「タダでできることは、必ずやる」

タダでできることは、必ずやる。
笑顔、明るい話し方、気配り、挨拶。
差し出したものが返ってきます。

元値はタダです。あなたのお財布は痛みません。
でも相手の心にはプラスの価値をもたらします。

タダの行動がプラスの価値を持って受け取られ、相手に喜ばれて、いつか数倍になって返ってくるとしたら？

やらない手はありませんね。
必要なのはあなたの「やろう！」と思う気持ちだけ。

さあ、今日からタダでできることは、必ずやりましょう。
決めたら行動！行動すれば世界が変わりますよ。

決断と行動はワンセット！！
行きたい場所が決まっていれば、もう成功したのと同じこと。
その場所まではなにで行きましょうか？どう行きましょうか？

ワクワクしながらすぐに準備して、出発しましょう！
明日で何とかなると思うのは愚か者のすること。
賢者は昨日終わらせています。

行動すれば何かが変わる。
行動すれば何かが得られる。
行動しなければ、今のまま。

思った通りになるのではなく、やった通りになるのです。
教えてくれなきゃできないという人は、教えてもできません。
お金がないからできないという人は、お金があってもできません。

できないのではなく、本当はやらないだけだからです。
やらない理由をさがして、できない、と
言っているだけだからです。

誰かに褒められたいからではなく、
自分がどうなりたいかで行動しましょう。

考えていること（思考）
言っていること（発言）
やっていること（行動）
感じていること（感情）
を一致させる。

そうすると、思ったことがやっていることになり、
こうなりたいと望んだ未来が手に入ります。

さあ、決めたら行動しましょう！

6.《心の在り方》

「おはようと言い合えるのは奇跡」

おはようと言い合えるのは奇跡です。
だって、眠っている間に
あなたや、あなたの大切な人の心臓が止まらない、
なんて保証はありませんから。

朝になったら目覚めない大切な人を見つける可能性は、誰にでもあることなのです。

いってらっしゃい、行ってきます、と言い合えるのも奇跡です。
見送った人が無事に家に帰ってくる保証はありませんから。

あの見送った瞬間が、生きているあの人を見た最後だった。
そう思う時も来るのです。
今、これを読んでいるあなたには、遠い世界のことのように

思えるかもしれません。

でも現実に、毎日交通事故や病気で人は亡くなっています。
その人には、もう二度と「おはよう」と言うことができません。
どんなに愛していても。
どんなに戻ってきて欲しいと願っても。

こうした別れを、黙って胸の痛みとして抱えながら生きている人が、たくさんいます。

「おはよう」と言い合えること、
「いってらっしゃい」「いってきます」、
「おかえりなさい」「ただいま」と言い合えること。
これは奇跡です。命があるから言い合える奇跡です。
朝起きた時、出かける前、帰宅した時。
また会えた喜びを胸に、心を込めて言いましょう。
「おはよう」「いってらっしゃい」「おかえりなさい」と。
相手がいなくなってから、その価値に気づいても遅いから。

7.《心の在り方》《行動が大切》

「夢に期限をつけたら目標になる」

夢に期限をつけたら目標になる。
自分をどうしてあげたいの？
まずは自分にしっかり聞いてみましょう。

隣の芝生は青いというけれど、
隣から見たらあなたの芝生が青く見えています。

自分を誰かと比べるのはナンセンスです。
自分にとっての目標を、自分のやり方と時間の使い方でかなえていきましょう。

8.《心の在り方》《行動が大切》

「コツコツは勝つコツ！」

コツコツは勝つコツ！
自分が生きている道を、誰かの人生にしないでください。

自分のために生きて、歩いていくのです。
誰かの言うとおりに、褒められるように、なんて考える必要はありません。

だってあなたの人生はあなたのもの。
何が良いか悪いかも、あなたが決めていいのです。

お金？地位？幸せ？何を目標にしても自由です。
目標を決めたら、それを実現するために歩き出しましょう。
あなたの道はあなたの人生。
コツコツと自分の道を、自分のために歩きましょう。

9.《自分の機嫌をとる》

「努力と苦労は違います」

努力と苦労は違います。

若い時の苦労は買ってでもせよ、なんて嘘です。
努力は必要だけど、苦労は生きているだけで降りかかってきます。
自分から取りに行く必要なんてありません。

1日の始まりがため息から始まったら、楽しいはずがありません。
朝から自分を幸せにできる思考を習慣にしましょう。

やらなければいけない、と思っていることも
一度疑問を持って
「本当にやらなきゃいけないことかな？」と考えながら
整理してみましょう。

すると、意外に必要のないことがみつかり、
こんなに時間が作れるとびっくりするでしょう。

一度きりの人生だから、いつも主役を自分にしてあげましょう。
そのためには、まず努力と苦労を見極める。
そして努力はするけど、苦労は上手に減らす。

これを覚えておくと自分が主役の人生を歩むことができますよ。

コラム：ねえさんの裏話～その2～

【自分で自分の機嫌をとるということ】

裏話その1で書いた、「自分で自分の機嫌くらいとれ」というフレーズを最初は理解できなかった私が、それがわかった瞬間のエピソードをご紹介します。

その日私は、駅で喧嘩をしている人を見ました。最初は嫌だなあ、としか思いませんでした。喧嘩をしているから、そこを通れませんでした。私は急いでいるのに。ここを通れたら早く行けるのに。

そこまで考えた時、ふとこの状況を上から俯瞰してみました。喧嘩をしている人に場所をふさがれて、通れないことにイライラしている自分がいる。まったく関係のない「喧嘩をしている人」に、私の気持ちが引っ張られて「イライラしている自分」が生まれていることにまず気づきました。

このままいつまでも喧嘩をしている人を見ていると、通れないイライラが募るし、約束に遅れるかもしれないとハラハラする。まったく自分とは関係のない人が喧嘩をしているせいで、何でこんなに自分の感情が乱されなきゃいけないのだろう？と思った時に、そうか、今の私は外からの刺激を受けて、そのまま自分の気持ちを引きずられている。まったく関係のない人達の行為で、自分が不機嫌になっている。これを変えるのが「自分で自分の機嫌くらいとれ」ということなんだな、とその瞬間に腹落ちしました。

だから「自分の機嫌くらい自分でとる」ために、喧嘩をしている人がいてここが通れないなら、遠回りをしてここを避ければいい、と考えました。

ここで注意していただきたいのは「自分の機嫌を自分でとる」とは「自分に甘くする」ということではありません。自分の気持ちを安定させるように自分でできる工夫をすることです。

この時から、嫌なことに直面したときには、自分がその嫌なことから感じられるモノを受け取らないようにしたいと思うようになりました。だけどそれにはどうしたらいいのだろう？今までの体験では足りない。何か練習というか、訓練が必要だ、と気づきました。だって今まで「嫌なことから離れて、自分の気持ちを安定させる」なんてしたことが無かったからです。

前にも書きましたが、むしろ私は「嫌なコト」が起きそうになると、あえてその中に入って、何事もなかったかのように仲の良い雰囲気を作ることを、子どもの時からやってきました。それだけに「嫌なコト」から自分の気持ちを離すという訓練はどうしたらいいのかわからなかったのです。

また日本の文化の中では、その訓練が難しいことにも気づきました。日本の文化では、女性は誰にでも共感しやすいものであり、むしろ共感できる人がいい人、優しい人、と意味づけされていると感じています。他の人と感情を共有し、一緒にハラハラするとか、ドキドキするとか、イライラして、大変だよね、私も腹が立つよ、と言う女性が周囲や上司からプラスの評価をされている傾向があります。

もちろん相手があなたにとって本当に大切な人なら、相手の感情を共有することも必要だと思います。けれども全く関係がない、または自分は実はこの人は嫌だな、と思っている人に対しても、その人の気持ちを共有しなければ、と思っていないでしょうか？そこに潜むのは「人から嫌われたくない」という気持ちです。

人から嫌われたくない。だからどんな人に対しても気持ちを共有しなきゃ。それができない自分はダメな人で、周りから嫌われるかもしれない。そう思うと、本当は嫌いな人の気持ちも共有しようとします。がんばれば嫌いな人の気持ちを共有している「ふり」はできるかもしれません。でもそれを続けると、どんどん嫌な自分ができあがっていく、という最初は想像もできなかった怖いことが起きます。

だって自分にとって嫌いな人の気持ちを共有するのは、元々嫌なことではありませんか？嫌いな人の気持ちを共有している「ふり」を続けていくことは、自分に嘘をついていることになりますし、気持ちの負担になります。そして「ふり」をしていれば一見平穏ですが、実はあなたは自分で自分を追い詰めていくことになります。

なぜならあなたが嫌いな相手や周りは、あなたのことを「あの人を理解している人、あの人を好きな人」と誤解するからです。周囲があなたをそんな風に見るようになると、あなたもあの人のことが本当は嫌い、と今さら言いだしにくくなりますし、そんな気持ちをみんなに知られないようにしなければ、と思うでしょう。

だからどこかに遊びに行く時も、その人が一緒なら本当は行きたくない。だけど人から嫌われたくない。周囲の人からも「なんか変」と思われたくない。そこでやっぱり行かなきゃ、と気が重くても一緒に行く。

そして行った先でも、本当は嫌いな人に合わせて行動をする。そして嫌いな人がしている行動を見て、イライラする。そんな自分が嫌になる。こうしてネガティブなループにはまってしまって出られなくなってしまいます。

それは、大切なことなので、しっかりと覚えてくださいね。自分の機嫌をとる、とは自分に甘くする、ということではありません。自分が幸せな状態であるように、自分ができる範囲で環境を整える、ということです。そうすればもっと限られた人生の時間を有意義に使えるからです。

率直に言えば、このケースでは嫌な人と一緒に行動するのを辞めることが一番の解決策です。え?でも、急にそんなことをするなんて、怖くてできない。と思ったあなた。あなたは幸せになりたいですか?それとも幸せになりたくないのでしょうか?

言葉一つ、思い方一つ、考え方一つで、自分の幸せ感は変わっていきます。では自分はどんな場合に、どのように考えていくと幸せ感があがるのか、ということは、練習や訓練を通して日々の生活の中から知るしかありません。今の自分の感情が起きたきっかけはこれだ、というものを自覚できるようになるには、日々の経験の中からしか学べないし、腹落ちしませんから。

そのため、まずは「ことばを知る」という考え方を頭に入れておくことが大切です。例えばここで書いた「自分の機嫌くらい自分で取れ」です。このことばを知っているかどうかで、未来が変わるのです。

そのことばを知って、意識しておけばスイッチは勝手に入っていくからです。そのことばを知らず、意識しないとスイッチを入れることすらできません。

この本の中に書かれていることばが、あなたが意識する「タネ」になったらとても嬉しいです。

10.《心の在り方》

「センスは経験の量から生まれます」

センスは経験の量から生まれます。
10年後の自分は、今の自分を見てどう思ってくれているかな。

時々そうやって考えてみるのも良いですよ。
目の前のことに集中するのも大切だけど、
時間軸を超えて、自分を俯瞰してみるのも同じくらい大切なことです。

経験を重ねて、センスのいい大人になりましょう！
あなたの経験はあなただけのもの。
そこからどんなセンスを養うのか、それはあなたの感性次第。

10年後の自分がカッコいいセンスある大人になっているように、今、できる経験からたくさん学んでいきましょう。

11.《行動が大切》

「自分の大切なものを言い訳にしていないですか？」

自分の大切なものを言い訳にしていないですか？
大切なもの、家族、お金、時間。
家族のことがあるから
お金が今はないから
色々あって時間がないから
だからできない。

でも、ちょっと待って。
あなたの大切なものを、何かをできない理由にするのは間違いです。

だって、大切なものに失礼じゃありませんか？
まるであなたがやりたいことを邪魔しているみたいに言うなんて。
大切なものを言い訳に使わず、自分で決めて自分で行動しましょう

12.《良いセールスパーソンになるには》

「『検討させてください』で」

「検討させてください」で
商談を終えていませんか？

実は、そこからが本当の勝負です！


商品説明をするとお客様がおっしゃる３つのことばがあります。

「考えたい」

「検討したいので時間がほしい」

「相談したい」


なぜこれらのことばが出てくるか、あなたは考えたことがありますか？

理由は、少し欲しくなったから、興味を持ったから、思考が動いたから。

少し欲しくなった人を放っておいて、商談を終えるのは、勿体無いと思いませんか？

さあ、ここからがあなたの腕の見せ所です。
この後、少しあなたの商品が欲しくなったお客様の疑問、不安、迷いを取り除いて、
もっと欲しがらせるには？
もっと興味を持ってもらうには？
もっと「自分ごと」として考えられるようにして差し上げられることは？

ここで今までの経験や知識を総動員して、焦らずゆっくりとお客様に寄り添って考えましょう。


そうして、クロージングをすれば、成約率は上がります！

時には、同じお客様のことばでも、違う意味を持つ場合もあります。

あなたとの話が全然、お客様ご自身のことではなく、平均の話や、一般的な情報だけの話になっている時。

お客様が不安だけを煽られた時、「こうでなければいけない」とあなたの考えを押し付けられた時。

そして「それ、しんどいなあ」と感じてしまったとき。


こんな時にお客様の反応はさっきと同じでも全く違う意味をもっているのです。

日々お客様は、努力したり、笑ったり泣いたりと「今」を生きています。

その「今」の奥にある、お客様のお気持ちを汲むことができないと、お客様は意味もない、耳に良くて体裁のいいことばを私たちに返してきます。


「考えたい」

「検討したいので時間がほしい」

「相談したい」


気持ちが動いた時と同じことばです。

だから、今、あなたが耳にしたこのことばが本物なのか、このことばが体裁だけなのか。

あなたはそこをわかって、日々のお客様対応をしていますか？


クロージングの前に、日々のお客様対応を考えてみてください。

知識の押し売り、これが正しい、親ならこうするのが義務でしょう、これができないとどうします？

そんなことをしたり、ことばを使ったりしていませんか？


あなたの矢印は、どちらを向いて営業しているのでしょうか？

お客様の満足？それともあなたの満足？


もう一度、考えてみてください。

13.《良いセールスパーソンになるには》

「良いお客様にばかり当たる」

良いお客様にばかり当たる。
そんな人が実際にいます。

「今日も本当に良いお客様でした。
笑顔でご自身の未来について真剣に、我事として考えてくれました。
未来だけでなく、今も楽しく生きられます。と言っていただけて、
お申込もいただけました。」

え？普通はいいお客様にあたるって難しいのに。
どういうこと？

これはお客様の姿は自分の鏡である、ということを教えてくれています。
その担当者は最高の笑顔で、お客様の未来に向かって自分ごとのように真剣に考えて寄り添った。

お客様が抱えている心の問題の解決、日々の責任や義務ということばの重圧も取り払って差し上げて、心からの笑顔で営業マンとして真剣に寄り添った。

だから、お客様もその影響を受けたのです。

あなたはどうですか？
お客様に重圧を与えていませんか？
お客様に良い影響を与えていますか？
お客様は、笑顔で帰りましたか？

せひ、思い出して変えられるところはすぐに変えていきましょう。
相手を変えることはできないけれど、自分を変えることはできるからです。
なにより本当に「良いお客様ばかりに出会う」ようになったら？
あなたもお客様も幸せいっぱいの人生になりますよ！

14・《準備する》

「与えられたチャンスを」

与えられたチャンスを
掴めるかどうかは、
自分の準備ができているかで決まります。
チャンスが来たときにちゃんとチャンスだと理解でき、掴める自分でありたいですね。

それを考えると今日も楽しんで、脳と身体に汗をかく行動も
意味を感じながら継続できます。

次はどんなチャンスが目の前に置かれるんだろう。
それを見つけてそれを掴む！
足し算は、日々蓄積していく準備です。

そして、チャンスが来たことに気づくのは、掛け算になります。
ということは、基本、ゼロになにをかけてもゼロ、ということです。

どれだけそれまでに蓄積された準備があるかによって、
掛け算の勢いが変わります。

全く準備をしていなかったら、せっかくのチャンスも価値がありません。ゼロにゼロをかけているからです。

そして1しか準備していなかったら、チャンスはそのままの大きさです。
でも「いつか来る日のために」と、コツコツ準備を重ねていたら、その数が大きくなるほど、掛け算をするチャンスとの積が大きくなり、思った以上に早く成長できます。

さあ、今からでも、いつからでも、気づいた時がチャンスです。
あなたが与えられたチャンスを「チャンスだ！」と理解して掴めるように、見分ける力と瞬発力を養いましょう。

そしてつかんだチャンスを何倍にもして、大きく成長するために、準備もしっかりしておきましょう。

15.《迷った時》

「目標に向かう道の途中で、納得できなくなり、悩み動けなくなったとき」

目標に向かう道の途中で、「なぜこの目標に向かうのか?」が納得できなくなり、悩み、動けなくなったとき。

それは雪山で遭難した時と同じです。
むやみに動き回るより、まずひとところに心を落ち着けましょう。

そして目標に向かう時に決めた
一見すると「これこそが目標」と思っていることばの奥にある
真の「目的」を書いて、書いて、書き出してみましょう。
(例えば：お金が欲しい。稼ぎたい。の目標の中の真の目的)
私の場合は大切な人と幸せになる。
大切な人の病気治療に最善の治療をする。
日本の子ども達にお金の学びができる場所をつくる。etc...)

そして書いたことに順位をつけましょう。
上位の1位・2位・3位の叶えたい目的を達成した未来の自分はどうなっているかを
書いて、書いて、書いて、書き出す。

理想の自分になった自分から
今の自分へのメッセージを
書いて、書いて、書いて、書き出す。

私はメッセージを元に行動計画をたてて、「今日だけ、これをやってみよう」と決めました。

そして翌日も「今日だけ、これをやってみよう」と。

これを繰り返し自分に言い続けました。

「今日だけ」の繰り返しでいいと思うと、不思議に新たな一歩目を踏み出せました。

私はこれで立ち上がれました。


明日もあさっても、一年後もこの努力を続けるのか、と思うと気が滅入る時もありますよね。

なんでそれをしなきゃいけないの、と思う日もあります。

そんな時は「今日一日だけ、やってみよう」と小分けにして考えると、動きだすことができるようになりますよ。

コラム：ねえさんの裏話〜その3〜

【意識のタネを作ることばの力】

よく「引き寄せの法則」ということばを聞きませんか？私はこの法則は不思議でもスピリチュアルな体験でもなく、人間が意識していれば引き寄せは起こる、と思っています。

人間は意識をすると、それに該当するものが目に入りだします。逆に意識しなければ見落としてしまうのです。例えば朝の占いで「今日のあなたのラッキーカラーは赤！アンラッキーカラーは青です」と言われると、その2色がやたらと目につくそうです。

私は「意識のメガネをかけて世界を見る」ということをしています。意識のメガネをかけて周りを見ると、見えるものが変わってきます。さらに意識のメガネをかけると、考え方が変わるんだと自分に言い聞かせています。

どの視点からどんなふうに人を見ていくか、というフィルターを自分でちゃんと調整していけば、嫌なものは見ないで済みます。もっと自分の機嫌をとるとか、もっと素敵な人になれるような方向に自分を無理なく向けてあげることもできます。

そのように意識をするためには、「ことば」というものが大きな役割を果たします。ことばは意識をするスイッチの大事なタネだと思います。タネに水をやり、光を与えていくのは日々の意識した行動です。だから まず知る、ということが無いと意識はできません。そして知る、ということは、ことばを通しての場合が多いですね。

さらに人間は環境からも影響を受ける生き物です。日々囲まれている環境から意識も影響を受けます。人の脳はインプットしたものしかアウトプットできないようにできているので、まず知る、ということ、それを意識してもらうためのタネになる考え方を、今回はこうやってまとめてみました。

これは私自身がことばによって、実際に変わってきたからです。こうしたことばの一つ一つは、その都度ノートなどに書いてきました。それを改めて読み直したり、意識をするようになったりしてから、私は変わったと思います。

まず、イライラすることが少なくなってきました。あと、人間は意識しなくても他の人間に対してマウントを取ろうとする生き物らしいのですが、もう私は別に自分がマウントをとられても関係ないな、と思っています。なにか面倒なことに巻き込まれるくらいなら、自分が折れても、さっさと先に進んだ方が良いと思っています。

昔の人が作ったことば、「負けるが勝ち」とは本当によく言ったものだと思います。昔作られて、ずっと生きていることばは重みがありますね。作られてから今までの間に、たくさんの人が「なるほどね」と思い続けてきた、ということですから。

私は自分にマウントを取ろうとする人に対しては、勝ち続ける体力も持っていないし、その人と戦う価値はあるのかな?といつも思います。多角的にものを見る、ということを意識することでこんな風に思えるようになりました。

こうなったのは、昔、20代の頃に大阪の北新地で出会ってお世話になったスナックのママに出会った頃ぐらいからです。その頃から信仰心があるとかないとかとは別に、仏陀のことばとか、キリストのことばとかを知って考えるのが好きだった時期もありました。

子どもが偉人伝を読むみたいな感じでした。私は子どもの頃に偉人伝を読むのが好きでした。その人と同じ道を歩めるわけでもないのですが、偉人伝を読むとそのたびに感動していたことを覚えています。同じ人間なのにすごい、どういう生き方をしたんだろう、などと空想をすることもありました。

その続きのような感じで童話も好きでした。ただ10年ぐらい前に、実はグリム童話は裏物語がある、と知りました。そこで『誰がいばら姫を起こしたのか』というグリム童話の裏側みたいな本を読んだのです。

これを読んだときには衝撃を受けました。私が持っていた理解とは全く違う内容が書いてありました。確かにモノを見る角度は人によって違います。角度が変われば正義は変わるっていうのはこういうことか、と腹落ちしました。角度を変えてみたら、そう見える、ということが世の中にはいっぱいあるな、と良くわかりました。

16.《人とのご縁》

「人との出会いでこの10年」

人との出会いでこの10年、
人生が面白いように変わりました。

特にこの2年間は、劇的に人生が変わった事を実感しています。

そして、今年になり、更に人とのご縁で
自分が想像していた未来を超える事が起こりそうです。

想像が小さいと超える未来も小さく収まってしまうと
身をもって知ったので、
想像する未来を
もっと大きな、大きな未来にセットしようと決めました！

見たことのない世界や、初めての挑戦は、
私でもドキドキします。

大丈夫かなという感情で少し不安にもなります。
でも感情の奴隷にならないで、
ドキドキと少しの不安、という気持ちの正体を探ってみましょう。

それは、ワクワクの未来に繋がる為の検問なのです。

その未来にその人がふさわしいかどうかの「神様の検問」です。
でも「神様の検問」と聞いても驚かないで。

ワクワクの未来につながるにふさわしい人かな？と
ちょっと見定めているだけですから。
人とのご縁があれば、意外にすんなりと
神様の検問突破！！ができます。

やはり人とのご縁は偉大です。
人とのご縁に感謝です！！

17.《良いセールスパーソンになるには》

「人は売り込みやセールストークには」

人は売り込みやセールストークには、耳をかしません。
というか貸したくないんです。

人は本能的に売り込みに対しては
耳をふさぎます。
たとえそれが今、とても大切で必要なご提案だとしても。
かたくなに耳をふさいでしまうことがよくあります。

では、どうやってお客様に伝えればいいのでしょうか？
その最善の方法とは、物語、つまりストーリーで伝えることです！

人間は昔から、人が人に何かを伝えるのにストーリーを活用してきています。
例えば、聖書もそうだと言われています。

日本の昔話もそうですね。
やさしい昔話を通して、人には親切にしよう、見返りを求めないでまわりを大切にしよう、と子どもの頃から伝えているのです。

だから、あなたのプレゼンにも、もっとストーリーを活用してみてください。
するとお客様は身を乗り出して、しっかり聞いてくれるようになるのです。

売込やセールストークではなく、ストーリーで「自分が必要としているものは何か」や「どういう未来の何に備えたいのか」を、「売り込まれるかも」という警戒心を持たずに、まず自分のこととして考えられるからでしょう。

さあ、あなたはお客様に、どんな物語を見せていますか？
もしまだチャレンジしていないとしたら？
あなたが大きく飛躍するチャンスかもしれませんよ。

物語やストーリーでお客様に主人公になってもらい、ご自身が本当に望む出口を考えていただくこと。

ぜひ試してみてください。

18.《心の在り方》

「子どもはすごい！！」

子どもはすごい！！
素直
想像力強
好奇心旺盛
目が輝いている
観察力がすごい
返事がめちゃ元気
やってみたいと言う
興味の持ち方がすごい
やれないかもと疑わない
できなくて泣いても諦めない

こんな風に子どもの頃には難なくできた事が大人になると何故だかできない。

不思議ですよね。
それに気づいた時から、私は意識的に子どもの心を取り戻すようにしました。

そうしたら
夢は叶うものだと心から思える。
自分はできると信じて進める。
やらなければいけない事ではなく、やりたい事が沢山ある。

毎日挑戦が楽しい！
に変わりました。
あなたの中に眠っている、子どもの頃のあなた。

もしかすると、あなたの最強の味方になってくれるかもしれません。
「子どものすることなんて」と訳知り顔の大人を辞めて、
あの子どもの頃にもっていた爆発的なパワー、
やりたいことがいっぱいあって、
できた時は嬉しくて天にも昇る心地になる素直さ。
そして未来へのゆるぎない期待感、自分はできると信じる心。
大人になった今だからこそ、子どもの心をとりもどしませんか？

19.《良いセールスパーソンになるには》

「成果を出すための手法は」

成果を出すための手法はシンプルです！

今日やるべきことを、すべて今日やる！

それだけ。

でも「それだけ」が結構難しいのも事実です。

今日やるべきことをやらずに、
「明日にまわそう」の繰り返しに入ってしまうと・・・

明日のあなたを待っているのは
その日の分＋昨日の積み残し＝必要以上にふくれあがった仕事。

朝はその前でため息をつくところからスタートする・・・

これは悪循環です。
すぐにでも断ち切らなければ、成果を出せません。

TODOリストに書いた、
今日のやるべきことを
今日中にやりきる！

これを習慣にすれば
休みは、しっかりとれて
心から楽しめます。

やる時はやる。休む時は休む。
人生に緩急をつけるためには、
まず今日やるべきことを今日中にやりきること。

そんな小さな積み重ねが、大きな成果につながるのです。
さあ、今日も新鮮な気持ちで、今日するべきことを、今日のうちに終わらせましょう！

20.《良いセールスパーソンになるには》

「お客様と話す時」

お客様と話す時に
いつも気をつけていることは、
語尾を言い切る。これが一番です。

こう思うんですが…
それ○○かもしれないかなー
など、語尾がはっきりしない話し方は、
営業には向いていません。

「XXでしたら○○です！」
などのように語尾を言い切ると
話している内容に自信がある、と伝わります。

もし、あなたが家電量販店に行って、
「省エネタイプで使いやすい冷蔵庫」を買おうとしたら
自信がなさそうに「これかもしれません」と言われた商品と、
自信にあふれて「こちらです！」と言われた商品のどちらを買いたいですか？

逆に同じ品物を
「いいかもしれません。あー、でもー・・・」とはっきり言わない店員からと、
「そうですね！お客様のご要望にピッタリなのはこちらです！」と
自信を持って教えてくれる店員からと、
どちらから購入したいですか？

こんな小さな「言い切るかどうか」からも、
お客様は敏感に判断しているのです。
あなたがしているように。

だから、話し方には気をつけましょう。

21.《良いセールスパーソンになるには》

「イメージを大切にする」

イメージを大切にしましょう。
服装や話し方だけではなく、あなたの身の回りの物も含めて。

名刺を出す時
資料を出す時
紙の端が折れていたり、汚い名刺入れやファイルから出したりするとだらしない人、信頼できなさそうな人に思われます。

より丁寧に
清潔感を大切に
細かいところまで気をつけることで
お客様から信頼を得ることができます。
常にお客様から信頼していただける自分であるように気を付けていきましょう！

22.《良いセールスパーソンになるには》

「お客様からご相談を受けた時」

お客様からご相談を受けた時、
お客様は、真の問題点ではない部分を
問題点だと思っていることがよくあります。

私達はプロとしてお客様の真の問題点に気づき、お伝えする。
そしてお客様ご自身が、思っていた問題点は本当の問題ではなく、
真の問題点はこっちだった！と気づくよう、
ご理解いただくことが欠かせません。

そのためには、まずは質問の質を上げることが重要です。
質問を「問いかけ」に変えていくことも必要です。
質問はともすれば、お客様にAかBかの選択を迫り、
問い詰められているような気持にさせてしまいます。

あなた対お客様、という対立構造にもなりかねません。

それよりはお客様に
「こんな時、どうしたいですか？」
「何が不安ですか？」といった
相手に寄り添ったオープンクエスチョンである
「問いかけ」ができるようになりましょう。

お客様と対立するのではなく、
お客様に考える「種」をお渡しし、
そこからお客様の理想の未来についての
ストーリーを教えていただきましょう。

そうしたら、あなたはお客様に寄り添って考える、
共にお客様の未来を作り出す人の役割になります。
今日も質問力、問いかけ力をあげていきましょう！

コラム：ねえさんの裏話～その4～

【多角的に人を見ると、その人への理解が進みます】

例えば上司が怒っている時。あなたはどう感じますか？ああ、嫌だなあ。あの人、こういう時には凄く怒るから触らないようにしよう、と思いますか？それとも怒られないように機嫌を取ろう、と考えますか？

一つ、私が実行している良い手を教えますね。ちょっと別の角度から相手を見てください。できれば相手を人間として理解して、ちょっと上の位置から。そうすると、あの人もあの立場じゃなかったら怒らないだろうなあ、とか、でも確かに今の状態だったら怒るなあ、などと、それまでとは全く違う姿が見えてきます。

これは私が実際にやってみて、だんだん相手を理解できるようになった方法です。

そして電車を待っている時も、日本人は順番に綺麗に並んでいますね。でも中には割り込んだりする人もいます。インバウンドのお客様は並ばない時もあります。以前はそういう人に対して何なの？！と思っていました。でも今は、育った文化が違うから、並ぶっていう文化が無いから、わからないだけなんだな、と理解ができて、腹が立たなくなりました。

これは実は同じ日本人同士でも起きていることです。育った家庭ごとに、大げさに言えば文化が違い、習慣も違うからです。だから自分と全然違うことをする人、考える人がいても仕方がないのです。これを理解できるようになるまで、意識的にいろんな角度から人を見なきゃいけない、と思っています。

23.《心の在り方》

「受けた恩を忘れない」

受けた恩を忘れない
返せる時が来たら
どんなことがあっても恩を返す

やってくれたことは絶対に忘れてはいけない

自分がだれかにしたことは、さっさと忘れる

これができない人のなんと多いことか

自分が誰かにしたことはずっと覚えていて、
誰かが自分にしてくれたことはすぐに忘れる

自分が誰かにしたことは大きく重く見積もって、
誰かが自分にしてくれたことは小さく軽く見積もる。

そういう人が多いからこそ、恩は返しましょう。
愚直に、律儀に。

そしてあなたに何かをやってくれた人に、
直接恩を返すだけでなく、
受けた恩は返しきれるものではない、と謙虚な気持ちで

後から来る誰かにも、
先に別の方からいただいた恩を気持ちよく渡す、
ご恩送りも大切です。

こうしていただいた恩を返し、送りをしていると、不思議にあなたの周りに好意が満ちて来て、
恩に恵まれた豊かな人生を歩むことができます。

受けた恩を返したつもりが、まだその恩に守られている。
そんな人生を歩んでください。

24.《良いセールスパーソンになるには》

「気遣いができる人」

気遣いができる人
気づきがある人

営業で成功するためには
テクニックの前に
この二つがすごく大切です。

配慮ができ、相手の望みに敏感になり、先が読める。

普段から気遣いと気づきを磨くことがセールスパーソンには必要です。
簡単なことではないかもしれません。
でもこれを知ったなら、今日から始めましょう。

もうやっている、という人は、もう一度、考えてみましょう。

ご夫婦でいらしたお客様の、どちらかだけにお話をしていませんか？

ため息をついている片方に気づきながら、
もう片方が乗り気だから、とほったらかしにしていませんか？

頷きや笑顔が消えている方は、途中で話に納得できていない可能性があります。
それをほったらかしにしていませんか？

ほったらかしにしている、と気づいたら、
話を巻き戻して、もう一度お伝えしながら、
できるだけたくさんの思いやご意見を引き出してみましょう。

こんな風にお客様の気配や小さな表情の変化、ため息にも
敏感に気づくようになったら？

あなたはお客様から信頼され「なぜわかったのですか？」と聞かれる
素晴らしいセールスパーソンになれるのです。

25.《良いセールスパーソンになるには》

「聴く力と無言に耐える力が営業力につながる」

聴く力が営業力につながる
人間、耳は二つ
口は一つ

耳は口の倍あります。
どうして神様はそんな風に私達を作ったのでしょう。
話すよりも、二つの耳を存分に使って聴くためです。

だからしっかりと聴く力を磨くだけで、素敵な営業の力になります。

売れない時は、下手な会話で話しすぎた時です。
耳は二つ、口は一つですから。
もう一つ大切なのが、お客様の無言に耐える力です。

あなたはできていますか？


質問をして、説明をして。

いよいよお客様がゆっくりと考えているのに、その無言に耐えきれないで話を進めてしまう。

説明を繰り返してしまう。

そんな人はいませんか？


これをすると「やっぱり考えます」の答えが返ってきます。

こちらから質問した後、お客様の目線があなたから離れている間は、お客様が考えている時です。


もし、あなたが何かを考えている間に、部下や上司からどんどん話しかけられたらどうですか？

「ちょっと黙っていて欲しい」

「考える時間が必要」とあなたも思いませんか？


お客様も全く同じです。

だからしっかりお客様の目線がこちらに戻るまで待ちましょう。

ひとつひとつ丁寧に、お客様ご自身に考えてもらうことで
「考えます」の返事が減るのです。

お客様の考えを邪魔しない。
お客様の沈黙を尊重する。

お客様が目線を戻してくださったとき、しっかりとあなたも目線をあわせて微笑んでみましょう。

お客様の無言に耐える力をつけましょう。
無言は「考察中」の印です。
お客様の考える時間の邪魔をせず、ゆっくりと考えていただきましょう。

目線が戻るまで不安かもしれません。
でもそこで待つ、耐える力をつけましょう。

お客様が自分の考えを邪魔されずに導き出した答えは
「買わされた」でもなく
「時期が来たら考えます」でもありません。
「ゆっくり考えて、納得して決められた」という達成感です。
お客様に、その達成感を味わっていただけるよう、無言に耐えて待つ力をつけましょう。

コラム：ねえさんの裏話～その5～

【人に寄り添うとできること、見えてくること】

営業の世界では、お客様を思い込みや決めつけで見てはいけないのです。自分の思い込みや決めつけを外して、あえてフラットに見ないとお客様の思いがつかめません。これが事実です。でも残念ながらそれがわかっていない営業職の方が、未だに多いと感じています。

例えば保険屋さん。Aになったら困りますよ、Bをしないって親としてどうなのでしょうね？子どもが生まれたら、お父さんはしっかりとした死亡保険を持っておかないと、もしもの時にお子さんに苦労をかけますよ、といった感じで。みなさんは、こんな決めつけをしていませんか？

死亡保険については、確かにそうです。仮にお子さんが3歳の時にお父さんが亡くなったとします。3000万円を残してくれた家庭と、100万しか残さなかった家庭を比較すると、残されたお子さんの生き方は変わります。習い事一つでもできる、できない、の差が出てきます。ですから親が残す財産、つまり死亡保険金の額によって子どもの人生を変えてしまうのは事実です。でもそこにどういう考えがあって、どうしてそれをした方が良いか、をお客様ご自身に気づいていただかないと、ただの押し付けのセールスになってしまいます。

例えば車を売る人も同じです。お子さんが生まれたら、やっぱり車体がしっかりしていて、ベビーシートもちゃんとつけられるようなこういうタイプじゃないといけませんね。軽？軽はダメです、危ないですから。

こんな風に一方的に言われたら、お客様のお気持ちはどうでしょうか？例えば、いくら営業の方が立派な車を勧めてくださっても、そんなに予算がないし、駐車場だって狭いので小さめの車がいいのに、と思っているかもしれません。もちろん、これを買えるなら買いたいけれど、そんな余裕はないし・・・と思っているお客様に向かって、これを買わないのは親としてどうかしている、といった内容のことを言う営業の方もいます。そう言われて、気持ちよく買う人はいるでしょうか？

私だったら、なぜ軽が良いのかをお伺いし、軽しか駐車場に入らないという事情をお持ちのお客様なら、軽の中でも頑丈なタイプのものを選びましょう、とお客様のお気持ちや要望に寄り添っていくことが大切だと考えて実行してきました。

ご希望に寄り添いながら、さらにお客様は何を一番守りたいですか？と伺ってみます。答えが「子供の命」だったら、お子さん連れで乗るときの注意をしっかりとお教えする。そういうふうにお客様に対応できたら、今は軽でも、いつか引っ越して大きな車を買えるようになったら、あの時の人に相談しよう、頼んでみよう、と思っていただけます。寄り添うことで、長期的なお付き合いが可能になるのです。

でも残念ながらお客様に寄り添うことよりも、自分達お店側が売りたいものしか見ていない営業の人が多いな、と感じています。その営業の人の気持ちもわかります。仕事ですから、売り上げは必要、ということも。

それでもお客様の何か一つが見えたら、その後ろにあるものを想像しながら販売をしておけば、のちのち楽になるのです。

でも悲しいことに、この瞬間の売り上げに必死で先のことは考えられない。長期的な戦略を考えた行動がとれない。こんな営業の方が未だにたくさんいるように感じます。

だから営業は先に成績を上げないと、ゆとりのある営業ができなくて余計売れないという堂々巡りになりやすいですね。成績を上げて余裕のある営業ができるようになるまでの間は、かなりしんどい。

だけど一旦お客様から信頼をいただいておくと、お客様ご自身の車や保険について、長期に面倒を見させていただけます。さらにお知り合いの方をご紹介してくださったり、とお付き合いからご紹介が発展していくと、営業の方にはゆとりができます。そうすると過不足なく目の前のお客様に合わせたご提案ができるようになります。

この過不足なく、という点も大事です。保険の場合でしたら、過剰に持たされているのを省くこともできるようになります。時代とともに変わってくるものは省いたり、また足したりということもできます。でも初回の契約で心配、心配、と押し売りをしてしまうと、その先のお付き合いはもうありません。

これがわかってない営業職の方が今でも多いのがとても残念です。これは生き方でも一緒だと思います。人との付き合いも、今、この瞬間に楽しいところだけをやるのではなく、ここから先、長くこの人といたいなと思うと、いろいろなことを、様々な角度から考えていくことが必要になります。

同じ国の人どうしであっても、まったく同じ考えを持っているとは限りません。それは違う家庭＝環境で育っているからです。違う環境で育てば、自分とは違う考え方を身につけて大人に育つのは当たり前ですね。それを「おかしい」「こうするべき」と決めつけて、変えさせようとするよりも、この人はこういう考え方なのか、面白いなあ、と見るようにしていくと、生きやすく、まだ仕事もしやすくなります。

社会的に正しいことをしている人が、それができていない人のことをダメだ、と決めつけるのも、少し子どもっぽいと思っています。例えばごみはリサイクルできるように分別するべきなのに、していない人はダメな人だ、とか。言っていることは正しいのですが、できない人は、たまたまその人が育ってきた環境が違うから知らない、身についていない場合もあると思います。悪気があるわけではなくて、知らないだけ、身についていないだけ。

だとしたら、正しい分別方法がその人の中で習慣として定着するまでは、周囲はまずは大人の目線で優しく見てね、と私はいつも言っています。

こういう複数の視点や、違う習慣の人から見たら自分のしていることはどう見えるだろう、という想像力は大切です。

他人への視点をフラットにしないと、例えばごみの分別ができていない人に対してイライラする。イライラするのはわかるけれど、それだけでは問題はいつまでたっても解決しません。本当に解決したかったら、分別はこうする、とまずは相手に教えることです。間違っていたら指摘して、なおしてあげればいいのです。

それを続けていけば、いつか他の人が教えるのを手伝ってくれたり、分別できていなかった人も教えてもらった内容を真似して、いつかはできるようになったりすると思います。

それでも分別ができていない人はダメだ、と言ってくる人がいたら。私はその人にはそこは正しいよ、と認めてから話を聞きます。そうすればその人もちょっと落ち着きますから。

今回の本では、そういう様々な角度や高さから人や物を見る、ということを、営業職の方だけでなく、それ以外の方でもこんな風に考えてみたらどうかな？という思いを入れています。

人は様々な角度や高さから見ないと、理解しきれない存在なんだ。自分の地点から簡単に決めつけるのはよくないのだ、ということを少しでもご理解いただけたら嬉しいです。

私は世界をできるだけフラットに見たいと思っています。あの人には、あの人の事情があるからね、と理解する、思いやる。それを北新地のママから学びました。ママはやっぱりすごいな、と思います。

そして事情があるからね、という理解は、相手に寄り添っているから生まれることです。自分の方から、あれは駄目、これは駄目、と上から鉈（なた）を振るように切ってしまっては、相手を理解することはできません。そうではなく、相手と同じ地点まで降りて、この人はこの人なりに事情があるんだろう、と想像するだけで、その人への気持ちは全く違ってきます。そこが本当に大切だと感じています。

そこに気づく、意識するタネがことばです。この本があなたにタネを撒く存在になってくれたら嬉しいです。

26.《心の在り方》

「できるか、できないかじゃなくて、どうしたらできるか、の発想で生きていますか」

できるか、できないかじゃなくて、どうしたらできるか、の発想で生きていますか？

この思考のクセづけが自立にもつながります。

できるか、できないかの発想をしてしまう大人って
実は、自立していないのではないでしょうか。

大人は、常識に囚われる生き物です。
できるか、できないかという発想をしてしまいがちです。

できるか、できないか、という発想には
「今の自分の実力のままで、背伸びをしないで」という
意味がはいっていませんか？

ちょっと大変だけど、背伸びをして、工夫をして、どうしたらできるだろう、という冒険心はそこに無いように感じます。

子どもには、ちょっと背伸びをしてでも頑張る子に育って欲しくありませんか？

もしそうだとしたら、大人が先にその姿を見せず、どうして子どもだけが頑張れるのでしょうか？

大人がどうしたらできるか、という発想を持って、
自分の可能性を切り開いていく姿を
子ども達に見せてあげてください。

自分の可能性を信じて進む人は、
自分を信じる力で
自分の叶えたい人生を創っていけます。

子どもに「欲しいものを手に入れる方法」について教える時も、
お菓子を買って！と、ただ親にねだる方法だけではなく、
どうしたらお小遣いがもらえて、
好きにお菓子が買えるか？を

考えられるように、導いてあげましょう。

普段から身近な大人が、できるかできないか、ではなく
背伸びをしてでも、どうしたらできるか？と工夫する姿を
常に子どもが観察し、そこから学べる生活にしてあげてください。

そういう大人の姿を見て育つ子どもたちは、
少々の困難があっても「どうしたらのりこえられる？」と
考える力を持った子に育ちます。

その考える力が、将来、子どもたちが「自分が望む未来」を実現する力の源になります。

大人になったあなたのなりたい姿、
なりたい未来に辿り着くためには、
何をすればその姿になれて、その未来に辿り着けますか？

子どもたちだけに未来を考えさせるのではなく、
大人も一緒に今から考えましょう。
遅すぎるなんてことは人生にはないのですから。

27.《成功する人の考え方》《心の在り方》

「まずは、捨てることが大切、未来へ進む第一歩です」

まずは、捨てることが大切。
未来へ進む第一歩です。

捨てるべきは、実はモノだけではないんです。
良くない習慣や、足をひっぱる人や
時代にあってない古い過去のやり方なども
「捨てるべき対象」です。

結果を出すためには、
必ず手放さなければならないものやことがあります。
なぜなら新しいものを生み出したかったら、
脳の中にも新しいスペースが必要なのです。

今、脳の中にある
「愛着はあるけれど、今の時代にはあっていないモノややり方」を
追い出さないと、新しいスペースは生まれません。

もしかしてこんなふうに思って、
執着しているものやことがないですか？

せっかくお金かけたから勿体無い。
今手放したら、なんか仲間に変に思われちゃわないかな。
ここでダメなんだから、きっと他もダメ。
まだ、やってないから手放せない。

そんなことで悩んでも先には進めないし、
新しいことが入ってきません。

今やっていることが上手くいかない人には、
過去の古いやり方に執着している傾向が良く見られます。

どんなに思い出があっても、愛着があっても、

あなたが新しいことを始めたいなら。
もう使えない、使わないモノやことに
いさぎよくさよならをして、
未来に向けての第一歩を踏み出しましょう。

だって、生まれ変われる未来がもうすぐそこにあるんですから。
それは誰にでもあります。

あなたは何を捨てたいですか？
あなたの捨てるものやことはなんですか？

執着しているのに、
実はもうずっとやっていないことはないですか？

今日もやるべき行動を明確にして、イキイキと活動していきましょう。

28.《成功する人の考え方》《心の在り方》

「どんなこともやってみないとわからないことだらけです」

どんなことも、やってみないとわからないことだらけです。

時には、努力したのに残念な結果になることもあります。
やらなきゃ良かった、なんて思うこともあるでしょう。
でもね、それは思考の癖！
これを変えていけたら人生が変わります。

残念な結果になった時、
やらなきゃ良かったって思ってしまった時。
（人としてダメなことはダメ！ということは前提ですが。）

ただ残念がったり、やらなきゃよかった、と過去を振り返るのか。

それとも
ここから何が学べるんだろう。
やった結果、得たことは何だろう。
と思えるのか。

こんな思考の癖になるように、常に意識してみてください。

失敗した時は、そこから学んで
次の一歩を踏み出す。
これしかリベンジのチャンスはありません。

そうした思考の癖を繰り返すと、
あっ！これだ！って、光がさして道が見えます。
そんなふうに結果が見えてくるんです。

失敗も成功もない！
全ては結果でしかないのです。

そこに意味をつけるのが私達の思考。

だからあとは思考の癖をなおすだけです。

やりながら動きながら、
得られた結果を良い思考の癖で考えながら、
ひとつひとつ経験を重ねていきましょう。

経験があなたにセンスをくれます。
センスは、経験の量でついていきます。

経験してきた数とかけた時間が
センスを作りますよ。

せっかくなら素敵なセンスを作りませんか？

29.《成功する人の考え方》

「昔、尊敬する方にその人と同じ年収を目指したいと伝えたことがあります」

昔、尊敬する方に、その人と同じ年収を目指したいと伝えたことがあります。
その時に教えてくださったことばです。

死に物狂いでやってちょうどいい！
このことばを覚えておいてください、と教えてくださいました。

どの程度がんばるのか？
それは人それぞれです。
あなたがいうその年収は、誰でも到達できます。
誰でもです！
本気なのかどうなのかが、その人の行動でわかります。
何を目指しているのかをより明確にして、分解して行動し続けてください。
私と同じことをやれば、到達できます。

とも教えてくださいました。

死に物狂い、このことばも人によって解釈が変わりますし、「やっている感覚」も違います。
愚痴や泣き言や戯言を言って悩んでいるうちは、
死に物狂いではないんです。

そんな愚痴や泣き言に時間を使わず、
ひたすら成し遂げたいことにだけ時間を使って、
初めて死に物狂いと言えるのではないでしょうか。

それも教えていただきました。
営業で成果を出したいと思ったら
まずは、死に物狂いでやって
ちょうど良いんです。

それでも、ダメなときもあるし、いけるときもあります。
仕事とはそんなもんです。
あなたは、どの程度頑張れますか？

頑張らなくても大丈夫なら、やりたいこと、大切なことの優先順位を考えましょう。

本当に大切なこと、これは最優先！
そのこと以外は、今、すぐに成し遂げる必要はありますか？
もしそうでなかったら、まずは最優先のことに力を集中させて、死に物狂いでやりましょう。

そうしたら他に割くパワーはないかもしれません。
でも、それでいいのです。
人間は死に物狂いのパワーを1点に集中させて、進んでいくことしかできないのですから。

明日から食べものを買うお金が一円もなかったら、
あなたはどうしますか？
一年後、そのお金が無かったから、大切な人の笑顔が見られなくなるとしたら、あなたはどうしますか？

私は、そんな日々を過去に過ごしました。
だから死に物狂いで、ということが良くわかります。

その日から得たものの全てを、周りに伝えていきます。

30.《仲間がいる幸せ》

「仲間がいるから頑張れる！」

仲間がいるから頑張れる！
切磋琢磨する仲間がいるから、幸せな努力ができる！

自分だけで目標設定して、
自分だけで達成することって
意外と難しいんですよね。

まわりに仲間がいることで
助けあい、お互いが意識しあい、
心のささえにもなりながら、
より充実した時間を過ごせると、
結果的に成果につながります。

仲間がいること自体を楽しみながら、
切磋琢磨して、
お互いに認め合いながら、
成長をしていきましょう。

それを仕事に繋げましょう！

仲間がいる幸せは、何物にも代えがたいのです。
慰めあうだけではなく、
愚痴を言い合うのでもなく、
互いを理解し、応援できる仲間。

お互いを思いやりあって、それぞれが成長していく。
仲間と交流しながら成果をあげていける。
そんな仲間に出会う場所を作りたいです。

31.《行動する大切さ》

「差を生むは、才能でなくて努力！」

差を生むは、才能でなくて努力！

これを教えてもらってからも、実は私、疑っていました。
そうは言ってもセンスもあるし、
あの人だからできたんでしょ、って心の奥で思っていました。

うまくいった人を見て
あの人は才能があるからいいいわよね。
私は才能がないし、、、。
などと言う人がいます。
しかし、私は半信半疑でも努力を続けていくうちに、
「才能ではなく努力」と言われたことが理解できました。
やっぱりここでも間違えたやり方で進むのではなく

正しい行動が大切なのです！

正しい行動をしたことで、腑に落ちました。
成果を出せる人と出せない人の違いは才能ではなく、
努力の仕方だとわかったんです。

才能の有りなしを問うより
今日やるべきことを徹底的にやる。

それまでの私は、やっていると言いながら、中途半端にやって、満足していました。
そして、練習をたくさんすることで満足していました。

でも、練習をすることは当たり前なんです。
その先に、実際のお客様を前にして、
練習したのと同じ行動ができているかどうか？
これが問題なのです。

練習をするのは、すごく大切です。
ただ、ここでおかしな心理が勝手に脳内ででき上がります。

練習をたくさんしたから、と満足してしまうんです。
まだ実践していないのに！

これ、思いっきりズレていますよね。
練習を積み上げながら、最も大切なのは実践です。
実践がないと、本当の意味での改善が見えてこないからです。

あなたは実践数を、確保していますか？
その数で成果が目標値に行っていますか？

改善されて、しっかり実績を出せる実践になっていますか？
しっかりと実践数も考えていきましょう。
練習数で惑わされないでくださいね。

練習って嫌だけど、やりだすと脳が変な満足感を出します。
たくさん練習をした、と満足しそうになります。
でも、そこで満足せず、練習の成果を持って、大切な本番を充実させましょうね。
そして、正しい改善をしていけば力は自ずとつき、成果につながります。

32.《良いセールスパーソンになるには》

「何もないところから」

何もないところから、
私達は結果を生み出しているんですよね。

営業の仕事、これってすごいことだと思いませんか？

何故すごいかと言うと、

最初、お客様との間には、何もないところからはじまります。
生まれて初めて出会って、こんにちは。
そこから信頼関係を築き、
問題を見つけて、共有する。
問題解決を提案し、
お客様に感動と安心をお渡しして、契約になる！

まさに、ゼロから有を生み出します。
だから、営業ができるとどんな仕事をしてもうまくいくと言われています。

そして人間関係も、信頼されるような結果を出せる人は、
上手くいきます。

あなたが手がけた案件が、本当に信頼される契約になっていると、しっかりと紹介が出ます。

この紹介の連鎖が起こるようになると、
本当に人間関係もうまくいく人になっているんです。

数字で成績を見る、と言っても様々です。
数字だけの人？
信頼からの数字の人？

自分が作った数字の人？
お客様から得た数字の人？

この違いが分かると、どんどん紹介が出ますよ。

33.《良いセールスパーソンになるには》

「世間話しは、一分以内」

世間話しは、一分以内

昔の営業手法として
営業は、まず世間話で打ち解けて、
人間的に仲良くなってから
本題に入りましょう！がありました。

昭和に作られた手法です。

その頃と今では、確実に時代が違います。
特にコロナ以降は、スピードを増して変わってきました。
変わった理由は、

過去は、時間はあるけれど、お客様は情報が少ない、
または、偏った情報しか得られませんでした。

今は、時間がなく、情報が有り余っています。
さらにお客様ご自身で、簡単に情報を得ることができます。

お客様にだらだら世間話をして、仲良くなっているつもりなのはこちら側だけ。

お客様側は、何しにきたの？
つまらない話をしてないで本題に入って欲しい、と思われている場合が圧倒的に増えました。

また世間話では、表面的な人間関係はできても、深い信頼関係はできません。
そこで、世間話はやってもいいけど、長くなりすぎないこと。
一分程度がちょうど良いと言われる時代になりました。

基本的なことを考えるとわかると思うのですが、仲良くなったり、共通点を見つけたら商品が売れるなら、昔からの仲良し友達や、親戚や知人、
趣味のサークルなどの人には、簡単に売れるはずですよね？
でも現実はそうもいかない。

世間話から入るのは、話しやすくはなるかもしれませんが、時代の流れをしっかりと知って、短めに切り上げてください。
それから知識を見せて売る手法も、その時のお客様には売れても、紹介が少なかったり、解約率が高くなります。

知識も今は、お客様ご自身で簡単に得られる時代だからです。
お客様になっていただいたら、セールスパーソンは、長ーいおつきあいになります。

単純接触を増やして、実際も何かあればお会いしたり、
定期的に連絡を取り、お会いできる仕組みを作り、
寄り添うことで信用財産が積み重なります。

そうしたらこの段階になって、やっと知識が相手から必要とされます。
この段階ではお客様から何か聞かれたら、できる限り最短でお答えすること、最短でお手続きの対応をすること、そこに、心を添えてください。
数字が欲しい最初の頃に、お客様と仲良くなろうとするよりも、
数字をいただいた後から、お客様と仲良くなってください。

今まさに心の時代がまたきています。

確実にきています。


なかなか数字からは見えない「心」というもの。

しかしそこを強化しないと、一瞬だけ選ばれる人で終わります。

また、「心」が無ければ、この先には一瞬でも選ばれる人から外れてしまう可能性がどんどん高まるでしょう。


まさに、情報が溢れている時代。

お客様が情報を指先で得られる時代だからです。

もちろん売るテクニックも、すぐさまの数字には必要ですが、
売れ続ける、紹介の連鎖を起こすためには、
必ず「心」が必要です。
気づき、気づいていただく！！
このテクニックがこれからの時代、更に必要なんですよね！！！
今売れるだけで良いなら、
売るテクニックを磨いて、ずーっとマーケティングに力を入れて、

数多くのお客様に出会い続ける方法を購入するか、走り続けてください。

でも、もしあなたが紹介の連鎖や、お客様から愛され、選んでいただける存在になりたい。

他のセールスパーソンとの差別化を図り、お客様に寄り添うことで、しっかり信用という財産から、マーケティングできる人になりたい。

そう思うなら。

少し時間がかかっても、「心」が中心の営業を身につけてくださいね。

テクニックにも2種類あるんですよね！

両方極めると強いです。

でも、売るだけのテクニックは、ずっと追いかけ続けないといけないことを覚えておいてください。

「心」、「愛」の営業テクニックは、お客様があなたに数字を運んできてくれます。

どちらを選ぶかはあなた次第です。

そして、どちらを選んでも、しっかりとその道を進んでください。

34.《成功する人の考え方》

「素直さが、成功を生むための第一歩だと言われています」

素直さが、成功を生むための第一歩だと言われています。

成果を出す人を見ていると、本当に驚くほど素直です。
出し続けている人ほど、素直の塊です。

それ良いですね！
やってみます！
挑戦してみます！
私になかった考えだけどやります！

と、実に柔軟に他人の意見でも、
新しいことでも受け入れて行動しています。

素直の逆は、頑固。

でも、私はそう思いません。
無理だと思います。
自分は、それやらないです。
自分は自分なりのやり方があるんで。

など、かたくなに他人の意見の受け入れを拒むのが頑固な人。

そしてこういう頑固な人は、今は良くてもいつか、つまずきます。
数字が一年二年出た人、
たまたま数ヶ月出た人にありがちなパターンです。

そういう人はつまずいた時、人の意見をまた聞かないので、
改善が難しくなります。
このやり方は変えない！

それで本当の意味の結果が継続して出ているなら、
それでもいいでしょう。

でもたまたまの数年、数ケ月の結果ならどうでしょうか。
確かにその時はうまく行った。
でもその経験に縛られて、
ずっと頑固にその時のやり方に囚われていたら、
必ず失速します。

素直にやってみる。

とても簡単なことです。
ただ、やってみるんです。

何度も何度も本当にできるまで、
改善して本物を身につけるんです。

あなたは、素直な方ですか？

35.《成功する人の考え方》

「デスク、クローゼット、カバンの中、パソコンのトップ画面、ペン立て、財布の中」

デスク、クローゼット、カバンの中、パソコンのトップ画面、ペン立て、財布の中。

ごちゃごちゃしていませんか？
散らかっていませんか？
使いやすくまとまっていますか？

集中して仕事したいならば、机を片づけておく必要があります。
そのためにも不要になった資料などは、さっさと減らすことが必須です！

机だけでは無いです。
冒頭書いたことは、全てです。
物を探す時間ほど、無駄な時間はありません！
キチンと整理されていれば、物を探す必要はなくなります。

探し物の時間が減るだけで、やるべきことに集中できます。
つまり、時間が作れるんです。

日々、さっさと不要なものは捨てましょう。
散らかる人は、自覚をしていない根本原因があります。
色々な原因がありますが、そのひとつは、不安症の人。

これがあったら安心。
終わったことだけど一応置いておこう。
これまた使いそう。
わかるように手元にちょっと置いておこう。
不安を手元にいっぱい溜め込んでいるようなものです。
これが不安症の人の心理です。

結果、残しておいても使わないパターンが、
ほぼほぼではないでしょうか？

ごくたまにある、「あっ、やっぱり捨てずに置いておいて良かった！」
これに心が引っ張られるのです。

でも大半のことと稀なこと、
第三者から見れば、どちらが大切か、わかることですよね。

結局、散らかっている人、物の多い人は、何にしても片付けない自分を正当化しているだけなんです。
人生は一度きりです。
探し物のための時間を、どれくらい使っているかを一度考えてみませんか？

しょっちゅう探し物をしていて忙しい、、、、、
忙しいと心を亡くすんです。

心を亡くす＝
心を隠しているんですよね。

とりあえず、、、、
ここに、、、、、
置いておこう！

これをしたかったら「置いておく箱＝容量」を決めてください。

この箱からはみ出るものは、いらないもの。
パソコンのデスクトップに貼り付けているものは、３列を超えたらいらないもの。
もしくは、別ファイルで良いもの。

私は、ハンガーの本数を決めていた時もありました。
これ以上は必要ない。
散らかっている人は、モノが多いんです。
予備も多いんです。

服が増えたらまたハンガーを買う。
なんならクリーニングのハンガーが大量にある。
あるから服を買っても気にならずかける。

入らなくなったら、入れるための何か収納家具を買う。
今日はこの食品が安いから、たくさん買ってストックしておこう。
心がけは立派ですが、節約にならない場合が多いんですよね。

ストックも数を決める。場所を決める。それ以上は無駄です。
安売りで買った。それよりまだ安く売られていたら、また買う。

結局モノがあふれて、また収納家具を買う。
百均のカゴがたくさんある人も、その良い例です。

時間がない。
モノが多い。
散らかっている。
探す時間が必要。
安いと大量に買う場合、買いに行く時間が必要。
それを片付ける時間が必要。
詰め込む。
探す。
結果、時間がなくなる。
スッキリに慣れてくると、逆に時間とお金ができます！
仕事の時間が、、、
練習する時間が、、、
大切な学びの時間が、、、
お客様に一人でも多く会う時間が、、、
資料作成の時間が、、、
アフターフォローより新規行かなきゃ、数字のための時間が、、、

アフターフォローに勝る
マーケティングは、ありません！

これが私の鉄則です。

でも自分の考えがまとまっていない人は、マーケティングの学びに、新しい知識が必要と思い込んでいます。

フラフラとマーケティングのためにあのサロンに、あのグループに、あの寄り合いに行く。

いやいや、それも良いかもしれないけれど
自分を信じてくださって契約してくれたお客様を
もっともっともっと大切にしてみてはどうでしょうか？

私たちは、何者ですか？


私たちは、セールスパーソンです。

セールスパーソンって何をする人ですか？

あなたのセールスパーソン感を教えてください。

そして、散らばった部屋、デスク周り、パソコンのトップ画面、カバンの中だけでなく、セールスパーソンとは？についても、整えてみてくださいね。

36．《成功する人の考え方》

「言い訳をすることは」

言い訳をすることは、
自分自身への裏切り行為と
教えていただいたことがあります。

言い訳とは、自分ができなかったことを
後づけで正当化することだと。

ということは、言い訳がたび重なると
自分で「自分はできない」
という信念をもってしまうことに繋がりますよね。

できないという信念を持った人が結果が出せるわけがないんです。

それを知ってから私は、言い訳の癖を捨てることをはじめました。
今でも言い訳を言っている自分に気づく時があります。
それは誰でもある、とも教えてもらいました。

そんな時は、改めれば良い。
本当の理由と、言い訳を区別することが大切だ、
とも教えていただきました。

言い訳ばかりしていると、嘘も含まれることが多くなるそうです。

嘘って自分の人生を大切にしていない。
私はそんな気がします。
癖は、治せます。
まずは認めること。
そして、改善すること。
改善した行動を継続すること。

これって、営業にも通じますね！！

37.《成功する人の考え方》

「まぁいいかと思った瞬間から」

まぁいいかと思った瞬間から、
これで良いかと思った瞬間から、
今のままでできているから、これで良いやと思った瞬間から、
すべてが終わりに向かいます。

結果を出すのは、がんばりでも、努力でもなく、その物事への執念。
そして、継続と改善です。

そこに日々、世の中は進化していることも忘れないこと。
だからあなたが止まった瞬間、停滞ではなく後退が始まります。

人は、弱いです。
私も弱いです。

なので、できないことを正当化したりしてしまいます。
できないことは、自分に必要ないと
勝手に自分のレベルを決めています。

今までできたことは、明日には古くなる可能性もあります。
昨日まで知識だったことは、進化して古くなります。

これまでに上手くできていたことも、進化という改善が必要です。

この時代、知識の深い人だけでは重宝されなくなってきました。
指先ひとつで調べれば、正しい正しくないは関係なく
様々な情報が出てくる時代です。

自分の持っている知識が、目の前のその方に本当に必要なのか？
もしかして、お客様もその知識を持っているけれど、
あえて隠して目の前に座っていらっしゃる可能性はないのか？
なにより、自分の知識は正しいのか？
それらを予測しておくことです。
つまりお客様のイメージを持つということ。

そのイメージは、正しいのか？を丁寧に検証していくこと。
こちらが思う「正しいこと」は、お客様がネットなどから得た知識などとズレている場合があります。

そこでお客様の使うことば、話す声のトーン、態度、
目の動きなどからお客様の心の動きを感じ取ることも必要です。

その時に注意してほしいのは、あまり目を見つめすぎないことです。
ガン見は誰でも怖いですからw

そして、こちら側は、考える目の動きをしないこと。
考える目の動きは、お客様からの信頼が薄まってしまいますから。

こんな風に、時代と共にこちらの意識の成長、改善も必要です。

「まあ、これで良いか」は退化！
と思って日々進化、成長していくことが大切だな、と思います。

何歳になっても学びを忘れず、

そこにプラスして、知識の引き出しの開け方を間違わないことも
この時代では大切なことだと知っておいてくださいね。

知識お化けは、今の時代、
お客様の思考や知識と一致していない場合が多々あります。
しかし、私たちはプロなので、知識は持っていて当たり前、が大前提でもあります。

この時代、人が人の想いに気づいて差し上げることが、
1番重要で、最も難度の高いスキルです。
深いコミュニケーション能力が必要なんです。

一人一人が孤立し、孤独である時代だからこそ、
必要とされる能力です。

さあ、あなたは知識とお客様に寄り添う心を持った、
素敵なセールスパーソンになりましょう！

そのための学びは、目と心を開けば世の中にあふれています。
退化せずに、どんどん進化していきましょう！

38.《成功する人の考え方》《行動する大切さ》

「今日できないことは、明日もできない」

今日できないことは、明日もできない。
今日やらないことは、明日もやらない。

目の前のやるべき仕事である、
ちょっとした電話、提案書作成、公式LINE、レター、提出物、
アポ前の事前準備、振り返りなどは、今日やってしまおう！

もちろん、今日やるべきでない仕事もあります。

ではその仕事は、いつやるのか？
を決めてスケジュールに記入しましょう。

そして、めんどうくさがらずにスケジュール通りに実践しましょう。

突発的に入る仕事が多い人も、月に平均何件それがあるのか？
1日に大体どれくらいの時間、突発的な仕事に必要なのか？
の統計から、余白時間を持たせたスケジュールを作成しておくことをおススメします。

「突発的な仕事が多いから、予定なんて立てられないよ」と諦めずに、自分のスケジュールを自分で作成しておきましょう。

スケジュールを作成したら、突発的な仕事が入らない時にすることを2次選択で決めておきます。

もし突発的な仕事が入ったら、緊急性の高いことが終わってからスケジュールを組み直します。

面倒でもこれを続けると、自分のスケジュールを自分で把握して作っている、という有能感を得ることができます。

突発的な仕事に振り回されている、と思うと「やらされている」感が強くなって、俄然、やる気が落ちますから。

さらにこの面倒な作業をしておくと、やるべきことを後回しにしない癖がつきます。
後回しにすればするほど、やりたくない気持ちになったり、結果的にやったことが雑だったりするんですよね。

お客様にお会いする準備が雑になると、あなたはお客様に響かない、雑な営業の人になってしまいます。
お客様に、あなたの準備の雑さが伝わってしまうからです。

手を抜きたくなるところこそ、手を抜かない！

ここは手を抜いても大丈夫な部分と思ってしまいがちなところ。
そんなところほど手を抜かない人が、
お客様の心を動かせる営業ができるひとです。

これをきちんとやっていけば、
成果は前倒しになり、
人生で良いことがいっぱい手に入り、時間も実は作れます。

あなたも目の前のことをさっさと片付けて、
手を抜きたくなるところほど抜かない、
素敵なセールスパーソンになってください。

コラム：ねえさんの裏話～その6～

この本には何回も行動することの大切さを書いています。なぜ私がそれを書いたのか、をお伝えしますね。

【行動することの大切さ】

私は思っているだけでは目標に到達できないけれど、一方でがむしゃらにただ行動すればいいとは思っていません。事前に考えて行動するということが大切だ、ということをお伝えしたいと考えています。

例えばハンバーガーが食べたいなと思っているとしましょう。そうしたら自分でマクドナルドに行く。または、今だったらUber Eatsでもお願いする。

大切なことは、ハンバーガーを食べたい、といくら強く、そしてずっと思っていても、願っているだけでは絶対にハンバーガーはあなたの手元に届くことはない、ということです。

さらにハンバーガーを食べたいと思って外に出て、お店に入らなきゃと思い、もし蕎麦屋に入ったら？ハンバーガーは出てきませんね。これは外に出るという行動をしたから、初めて蕎麦屋ではハンバーガーは出てこないと理解できた、ということです。

じゃあどうしたらいいだろう？と調べて、ハンバーガー屋さんを見つけたとします。やっとハンバーガー屋さんにたどり着けても、店に入っただけでは、何も起きません。
そこで注文をしないとハンバーガーは買えません。でも注文の仕方がわからない。教えてもらって注文の仕方がわかり、初めて注文ができる。そうしてようやくハンバーガーが食べられるのです。

ハンバーガーはハンバーガー屋さんに行って頼めば出てくる。それを「知っている」としても、実際に行動してみると、知っているだけと知って行動する、の間には大きな違いがあると「わかる」のです。

行動してみて初めて間違いに気づいたりしながら、正しいやり方にたどり着きます。だから、知るだけでは不十分ですし、改善もできません。

ところがその一方では、願えば叶う、ということも存在します。だから「願う」ということは大事だと思います。「ああなりたい」とずっと強く、強く思っているからこそ、行動ができるというのも事実です。

ただ人間はどうしても「楽にできます」という考えに惹かれてしまいがちです。若い頃からつい数年前まで、私も親が作った大きな借金を返済しなければならず、お金に心底困っていた頃がありました。

その頃は自分でもいくら「お金が必要」って言ったところで何も変わらない、と思っていました。別な人からは、お金が欲しい人ほどお金がある人のようにふるまうと良い、とも言われました。

でも今振り返って考えると、これは全部違います。お金を得るためには、まず何か行動をしなければいけません。何かを願ったら、そこに必ず行動をプラスしないと、その願いはかなわないのです。

そして行動したからこそ、試行錯誤ができます。やってみたけれどうまくいかない。これはどうしたらいいんだろう、ともう一度振り返って考え、また別のことをやってみようと試すことができます。自分の考えが正しいかどうかを確認するという意味でも、行動は大切です。
さらに行動から自分の癖を知ることもできます。

なによりも行動しないと結局、お客さんにも会えません。人との出会いがありません。例えば誰かに会いたい、ちょっとおしゃべりする仲間がいたらいいな、と願いながら家でずっと一人で待っていてもその願いは実現できません。祈れば叶う、という方もいらっしゃると思いますが、私はやっぱり行動しないと始まらない、と思って生きています。

引き寄せの法則も確かにあると思います。意識することで、意識したモノが目についたり、近づいたり、ということも。私自身、そういう意味で結構さまよっていますね（笑）。でも、いろいろやってたくさん考えていくうちに、結局どの行動がいいんだろうか、ということが見えてきた気がします。

思うことは無駄ではありません。ただ思った結果、どの行動が良いかが見えてきたら行動を実際に起こすことがカギになります。するとまた、行動したから見えてくるものがあって、それを改善していくことができる。やっぱり願っているだけでは、その願いを実現することは無理なんじゃないかな、と考えています。

そこでどうしたらいいのか、の答を求めて今の時代はみんなが検索をするのではないでしょうか。検索をするということは、自分に情報がどんどん入ってくることになります。そして入ってきた情報の中から選んで行動すればいい。結局どっちにしても行動です。

仮にやってみて「あれ？違うな」と気づくことも、行動したからこそわかるプラスです。究極の問題として、行動することにマイナスはないと私は思っています。

行動してみて思ったような結果が出なかったらどうしよう、と行動に踏み出せない人もいらっしゃるでしょう。でもそれは「やってみたけれどできなかった」ということに気付けただけで、大きな価値があります。

選択肢の1つが減って、また違うやり方を探せばいいということがわかったのですから。行動せずに思っているだけだったら、結局できずにタイミング逃してしまうかもしれません。

私はそんな風にダメになるくらいだったら、やってみたいことはとりあえずやってみるのが勝ち、と考えています。

YouTubeもそうです。早くやった人が良いポジションにいます。こんなの何かになるの？と言って、やらなかったら、いつまでたってもやらない人のままの道を歩いていくことになります。

「まだ」今は忙しいから行動できません、という人もいます。「いつか」時間ができたら行動します。そう言っていたら行動できる日なんて来ません。そして、そういう人が次に言うのは「もう遅い」です。ずっと「まだ」と言っていたのに、突然、本当に一瞬で「もう遅い」になる。人間はそうやって自分に対して言い訳をします。行動していないと、必ずセットとして起こるのが言い訳です。この言い訳は決して自分を成長させません。

何かを行動して、何かがわかったら、全体の結果が失敗でもいいじゃないか、と私は考えています。

若いときの苦労は買ってでもしろ、ということばがありますね。別に不必要な苦労はしなくてもいいと思いますが、今だからこそできることが、いっぱいあるはずです。

そこで注意したいのは、いきなりお金をかけて学ぼうとしないことです。その前にまずやってみて、それからこれは自分に合っているな、もっと深めたいな、と気づいたらそこで初めてお金をかければいいと思います。いきなりお金を払って始めてしまうと、それが本当に自分に合うか合わないか、わからないからです。

お金をかけることに躊躇して、だからできないという場合には、まず無料でできることをやってみて、取捨選択したものにお金をかけていったらいい。いずれにしても、やってみないとその取捨選択はできないですね。

また、例えばNISAが怖いといってやらない人もいます。それならまず1万円でもいいので、1年間貯金が続くか、さわらずに続けられるかをやってみる。そして2年やってみても大丈夫だ、そのお金はしばらく使わなくてもいい、とわかったら、初めてNISAをやればいいと思います。

結局自分に何が向いているか、何ができるのか、は行動してみて初めてわかることです。だから行動ってとても大切だと考えています。

39.《成功する人の考え方》

「悩み続ける人と突き抜けている人の違いは」

悩み続ける人と突き抜けていける人の違いは
何を心の中でフォーカスするか、それだけなんです。

昔の私は、嫌な事や辛い事が自分の中に残り、
そればかりに心がフォーカスしていました。

そして、ある時に教えて頂いた考え方で
人生が変わりました。

それは、自分はどうなりたいのか、
何が目的なのか。
を明確にする、ということです。

それを忘れずに見続けていれば、
目標、目的さえ見続けていれば、
どうしたらそれを達成できるのか。
その方法を自分の脳が探し出してくれる。
ということでした。

私はなるほど！！と思い、
すぐにフォーカスする内容を変えました。

悩みばかりを考えるのをやめて
目標、目的に視点を移したのです。

それまでの私は、
できない
初めてだし怖い
進まない
難しい
面倒になってきた

そして、今は無理、忙しいから。
どうせ私にはできない。
と悩み続けていました。

悩みを通り越して
どうせ私には、、、、、と、
悩みが自分の否定にまで進んでいました。

でもフォーカスする内容を変えようと思ってからは、
どうすればこれが達成できるだろう、と考え始めました。
これを達成するには、どうしても1つ問題点がある。
それならこの問題点をクリアするには、どう行動すれば良いのか。

こんな風に夢中でやるべきことを考えて、夢中でやる事をしていました。
そうしたら、いつの間にか悩みから目標へとフォーカスする内容が移り、できることが前提で、物事を考えられる様になりました。

本当は、誰でもできるはずなんです。
だって他の人間ができているんですから。

あなたにだってできるはず。

あなたはただ、自分の心を「悩み事」にフォーカスすることで、自分の行動を制限しているだけなんです。

多分、変わるのが怖い、失敗するのが怖い、という漠然とした怖れから。

その仕組みに気づいたら、あなたも悩み続ける人から、突き抜けた人に変われます。

気づいた時から、誰でも変われるんです。

40．《成功する人の考え方》

「伝えると伝わるは、違う」

伝えると伝わるは、違う。

人対人のことだから。

自分や相手のその瞬間の感情や、シュチュエーションによっても伝わり方が変わってしまう。

丁寧に伝えたつもりが、「こちらの事情も考えずに断られた」と受け取られていて、あとから驚くこともある。

伝えたことが伝わるとは限らない。
気をつけたいことです。

41.《ご縁》

「一度しかない人生」

一度しかない人生
その中で出会える人は、当然限られます。
自分より大切な人にいったい
何人出会えるんだろう。

出会いがあり
知り合いになり
友達になり
親友になり
はたまた
恋人になる
そして、家族になるかもしれない。

大切な人が近くにいると
強くなれるし、強いパワーになる。
どんな人と一緒に過ごすかで
人生が変わる事を感じる毎日です。

ご縁に感謝！

42.《成功する人の考え方》《行動が大切》

「うまくいかない人の習慣」

うまくいかない人の習慣。

「完璧に準備できるまで、始められないのが私の元々持っている気質なんです。変えられません。」

と言って、いつまでたってもやらない習慣。

完璧な準備を待っていたら、何年かかるかわかりません。

やりながら見えてくることが、沢山あります。

やらなければ見えないことも、もっとあります。

だからまずはやってみて、仮説、検証を繰り返す、試行錯誤する。

動きながら考える。これが重要です。

今、上手くいっている人も、やってみて、断られて、考えて、改善してきた過去があるんです。

その時は「できた」と自分で思った部分も、後から振り返ると、
ここが伝わらなかった原因かもしれない、と改善点を見つけて、
修正をしてから、またやる。

この繰り返しで今があるんですよね。

完璧に準備しないとできない気質なんです。
と暗示をかけて、それを言い訳にしていませんか？

43.《成功する人の考え方》《行動することの大切さ》

「未来を変えるために」

未来を変えるために
今の行動を、目の前の行動をまず変え、
そして思考を整え、環境を整える。

整理整頓、断捨離の継続。

物だけではなく、人の断捨離、
行動の断捨離をやれば、未来を変えられる。

まず誰でもすぐできること。
それは今の行動を変えることが1番。
素敵な未来を自分に贈るのは、今の自分しかいない。

44.《心の在り方》

「今の自分の考えややり方が間違えているか正しいかではなく」

今の自分の考えややり方が間違えているか正しいか、
そんなことはどうでも良いのです。

人のやり方が正しいとか間違えているとか、
それもどうでも良いことです。

見る角度、立場、生き様、
環境などに加えて
その時の感情で、人は見え方や捉え方が変わるから。

正しいとか間違っているとかに、絶対はないのです。
それより、もっと本質を掴むために、まずは行動しましょう。

45.《心の在り方》

「未来の自分が今日の自分を見たら」

未来の自分が今日の自分を見たら
どう思うでしょうか？
どんな質問をするでしょう？

未来の自分から見て、今の自分がどうなのか？を考えると
今やるべき事がわかりやすくなります。

未来の自分がありがとうと言ってくれるために、
毎日何をすれば良いのかを考え、行動していこう。

たまには時間を飛び越えて、
未来から今の自分がするべきことを見つけるのも楽しいですよ。

46.《成功する人の考え方》

「どんなでき事にも無駄も悪もない」

どんなでき事にも無駄も悪もありません。
自分が、そのでき事をどう捉えるか？
それだけで、そのでき事の意味付けが変わり、
幸福度が変わり、人生が変わります。

やっぱり人生は
自分が思った通りになるんです！

人生は1回きりだから、1人の経験は限られています。
仲間からの共有、本からの知識、YouTubeからの情報、
引き出しの多さが「より丁寧に」の営業につながります。

知識を出すだけはなく、

臨機応変に引き出しを開け閉めできることが必要です。

説明型ではなく、寄り添う営業が私は好きです。
お客様のために、と同時に、お客様の立場で考えられる営業人で居たいです。

今日も出会ったご縁を大切にしたい、と日々思っています。

でも計算通りにいかない事もあります。

そこで営業を終えるのではなく、
思いもかけなかった課題をどう乗り越えるかで、
又チャンスがやってきます。

これを繰り返していくと可能性が広がり、
大きく羽ばたけるようになります。
今日も今を見つめて生きていきたい。
そう思います。

コラム：ねえさんの裏話～その7～

【成功しているねえさんからの辛口の助言～プロなら、タダでやれることは全部やろう】

セールスパーソンとして本気で成功したい、と思っているなら、タダでできることは全部やってください。本文にも書きましたが、本当に「全部」です。

例えば笑顔はタダで作れます。そして笑顔の練習は家でもできます。「こんにちは」という、元気な声の張り方も、家で練習できるので、まずそれらを自宅でしてみてください。

今はなぜかこうしたことをやらずに、まずは形から、営業ノウハウのテクニックから学びたい、とお金をかける人が多いように思います。また、そのお金がないから今はできません、いうことも良く聞きます。

さらに、今は親の介護があって、とか今は子育てをしているからとか、できない理由を先に出してくる人もいます。けれども今、あなたはセールスという仕事をやっています。その成績を良くしたいだろうから、こういうことをやるといいよ、とアドバイスしたことをやらない、やれない理由を先に出してくる人もいます。

本文にも書きましたが、できない理由は時間とお金と家族がほとんどです。時間とお金と家族。これらは間違いなく自分にとって一番大切なものたちです。

人はそれらを「できない言い訳」に使います。大切な人を幸せにしたくて頑張ろうとしているはずなのに、同じ大切な人を何かを「できない言い訳」に使うというのは、どうでしょうか？私の中では、大切な人にとても失礼だ、としか表しようがないと思っています。

お金がないと言う方も、元々お金が欲しいからセールスを頑張るのではないでしょうか？それなのにセールスの上達のためにやれることがあるのに、それをやろうとしない言い訳に、お金という大事なものを言い訳にしてしまっています。

時間がない、もそうです。時間とは、人生でほぼ唯一取り返しができない最も大切なのです。それなのに時間がない、と自分で決めて、セールスの上達のためにできることをしない言い訳をします。

お金は別として、時間だけはやり方次第で作り出すことができるのにやらない。これが残念でなりません。そして基本的なことである笑顔もない。行動しない人は言い訳が大好きです。

セールスパーソンとして行動は大切です。タダでできることはいくらでもやって、もし失敗したらそこから変えて行けば良いだけです。

成功するセールスパーソンになろうとしたら、もちろんお客様の心に寄り添うことも大切です。けれど、まずは接客の基本である笑顔を大切にして、タダでできることは何でもやって、相手と良い関係を作って欲しいと思います。

それが実際、最初にお客様の心に刺さるフックになります。今はYouTubeなどで、タダで学べることがたくさんあります。でもYouTubeは見ているけれどセールスに活かせる知識を得ることをしない。または見ても実行しない。

もしあなたがセールスパーソンとして生きていくと決めて、セールスということからお金を得ようとしたら、やはりセールスに活かせる学びを見ない、または見たけれど実行しない、というのは何かがズレていると思います。

こういうことが、同じ商品を扱っていても売れる人と売れない人の違いとなって出てきます。周りは黙って見ています。もちろん会社の中の姿しか見られない場合が多いのですが、あの人ってこういうふうな電話の出方をするんだなとか、普段から観察しています。

そして同行という、新人さんやいろいろと指導をしている人とお客様のところへ行く時に強く感じることがあります。それは「こんにちは」と声をかけた入口から、もう私たちは見られているんだ、ということへの意識の欠落です。

靴を脱いでお宅に上がるときも、よくあるのがご挨拶をしたらくるりとお客様の方に背を向けて、後ろ向きに靴を揃えて上がる、というケースです。本当は逆です。ご挨拶をしたら、そのままお客様の方に身体を向けながら上がって、そこで一度座ってしゃがむ。そして靴を揃え直すのが見ていて綺麗でプロっぽいのです。

でも今はほとんどの人が「こんにちは」の後に、くるりとお客様の方に背を向けてしまいます。いきなりお客様にお尻を向けている状態ですね。お尻を向けて、綺麗に靴を揃えてお宅に上がっている。

正しいとか正しくないじゃなくて、その姿を見ていたら、やはり前向きに上がって、いったんはしゃがんで「失礼します」と言いながら靴を揃えさせてもらう方が綺麗です。そして私たちはその一連の動作までをお客様に見られています。

だから気を付けてね、と話すと、自分は見てない、と反論する人もいます。人が来ても自分はそんなところまで見ていない。だから人はそんなに見ていないです、と。

でもね、と続けようとすると「常識は常識じゃないって原田さんは言っていたじゃないですか」って言われることもあります。確かに私はそのことばを言いますが、それはこういうことじゃありません。

この靴の脱ぎ方、というものはマナーのことです。常識とマナーは違います。こうすると綺麗、と、教えられていることは、人から見られていようが見られていなかろうが、自分の心として綺麗な動作をするということです。これは私が良く言う丁寧に生きるというところに繋がります。丁寧に生きると、いろんなことがイラつかないし、物事がいいように転がっていくのは間違いないんです。

自分は常に撮影されていると思って、朝起きて行動してみるっていうのも面白いですよ。綺麗に起きて、髪を整えて立ち上がって、洗面所に行って、自分を見て、にこっと笑う。靴はこう、歯磨きをするときも丁寧につけて、見られていると思ったら磨き方もゆっくり。粗っぽくなりません。今、自分は女優で撮影されていると思ったら、どう行動しますか？男優だったらどうしますか？というのを一度やってみることをおススメします。

私達はお客様の前に出る時、撮影されている女優のようなものです。けれども失敗したっていいんです。主人公は失敗してはいけない設定ではないので。失敗から何を得るかによって変わります。

これが良いセールスパーソンだと思います。行動した上で、今、自分に必要なことを身に付けていくんです。タダでできることは何でもやってみたら良いと思います。撮影されているかも、などということはタダできるので、やってみると面白いし、自分を見直すきっかけになります。

そしてお客様のお宅にあがって、机の上にセールスに使うものをどう置くか。終わった後にどういうふうな行動をとるか。これらも重要なポイントです。カバンを置く位置の下に、保険業界ではハンカチを敷きます。売れている人がそれをやっていて、お客様からの印象が良かった、ということから流行っています。

なぜこんなことに気を付けるのか、というと、お客様にご安心いただけるからです。この人だったら任せてもいいかな、という決め手は印象でしかない部分も多いのが事実です。そういう良い印象を持っていただきやすくするために、それこそタダでできることは全部やっています。

人は見た目が9割という本も出ていますが、実際に7割ぐらいは見た目の印象が占めると体感しています。もし笑顔も少ない人が「どうも〜」と言いながらあがって来て、ドスンとカバンを置いてどっこいしょ、と座った場合と、「こんにちは」と明るい声と笑顔であいさつをして、失礼しますと言いながら丁寧に靴を揃えて上がり、カバンのところにも持参のハンカチを敷いてから「置かせていただきますね。こんにちは！お時間ありがとうございます」と話し始めてくれる人と、もうその段階ですごい差がついていると思いませんか？でもこの差、全部タダです。お金をかけていません。

だから成功するセールスパーソンにとって大事なものとは？と聞かれたら、まずは自分でできることは全部やる、特にタダでできることは全部やるということですね。実はこれ、昔、男性のセールスパーソンから言われたことですが、私はこれを言われた時に、確かにそうだな、と思いました。

それで毎朝鏡に向かって笑顔になるっていうのは絶対忘れない。そしてアポイントの前に、もしちょっと寄れるところがあるなら鏡を見て、もう1回笑顔の確認をしていきます。未だにずっとそれを続けています。これが気持ちの切り替えスイッチになっていて、お客様にお会いする前に、襟をぐっと正して、鏡を見て、にこっと笑うだけで、気持ちが切り替えられます。私のスイッチが入るのです。

例えば2件続けて午前中にアポイントがキャンセルになったり、ご提案を断られたりしたら、当然気持ちは沈みます。でも夕方から3件目のアポイントがあったら、切り替えようと思っていてもやっぱり午前中を引きずってしまうのが人間です。

そこでスイッチを入れるということをやって、もう午前中とは全く違う、と心を切り替えます。今までの気持ちを引きずっていたら、3件目にいらした、目の前のお客様に失礼だからです。そこで切り替えスイッチを入れることを、未だにやっています。

先に2件断られたら、3件目は決まるんじゃないかな、というくらいの明るい気持ちに切り替えるためにも、切り替えの儀式をするのは大切だと思います。

今まで様々な本や師匠と言える人達から学んだことが重なりあって、今では自分なりの儀式というか、切り替え方が決まっています。

良いセールスパーソンなる、とは、もちろんお客様の心に寄り添うとか、細かいことに気をつける、などもありますが、究極的には気持ちの切り替えを上手にすること、タダでできることは何でもすること。行動してみてから、どうするかを決めること。そして言い訳をしないことだと私は考えています。

47.《成功する人の考え方》

「思考で1日が決まる」

自分の思考で1日が決まります。
ことばで今日を輝かすことができます。
素敵
綺麗
感謝

今を生きること。
幸せとは自分で自分に感じさせるものです。
誰かから与えられるものではありません。
目の前のことを自分にどう感じさせてあげるかで
幸福感は変わります。

人生は自分で創れるのです。
いつだって、気が付いたその瞬間から。
あなたの人生は、誰かに決めつけられるものではありません。
自分で気づいたその瞬間から創れるものです。
これを忘れないでくださいね。

48.《心の在り方》

「昨年のブームは」

昨年のブームは、今年はもう古い。
だけど過去の偉人の考え方は、どの時代でも通じるものがある。
どちらも大切。

そして
三つの目を持つ！
これはずっと大切にしたいことです。

神様からいただいた、この二つの目に加えて、
魚の目、鳥の目、虫の目を意識する。

それが、
流れをよむ

広い視野を持つ
細部を見る
につながります。

三つの目を持つこと。

そしてやはり「丁寧に」を忘れない！

やるべき事、
目の前の事をコツコツこなす。

今を見る！
今を動かす！

このコツコツが未来の私へのプレゼントになる。
一年後、私はどんな人間になっているのかな
と日々考えて行動しています。

49.《成功する人の考え方》

「人生最後の日を笑顔で迎える為に」

人生最後の日を笑顔で迎える為に
自分の人生を自分で作る。

思考とことばが人生を変える。
感謝と感動！！
これを大切にしていれば、今日も最高の人生になる。
問題が起きた時は、悩んでも時間の無駄。
どうすればいいのか？としっかり考えて、
その結果を行動に落とし込み、PDCAをまわす。

最高の人生だったと
最後に笑顔で終わるため、今日も挑戦！

できている人の物真似名人で
ここまで歩んでこられたので
益々そこをパワーアップしたい。

行動すれば問題も出るが、同時に解決策が見える。
やってみると思ったことと違い、ズレている時もあるが
ズレに気づく、という問題解決にもつながる。

また、見る角度を変え、仲間の意見をいただき、
新しい解決策を考えて行動する。

この繰り返しが新しい引き出しを作る。
知識と知恵と行動は、減らない財産です！

50.《成功する人の考え方》《心の在り方》

「これをやってくれないとか」

これをやってくれないから困る、とか
これダメでしょ、とか
相手に言った自分のことばで、
自分をイラつかせていないですか。

相手より上だと思っているから腹が立つんです。
人と人、上も下もありません。

そして、相手に期待をするから、
自分の機嫌を自分で悪くさせていることに気づきましょう。

人には期待をしない、上から目線で考えない。
これだけで幸せ感が増えますよ。

コラム：ねえさんの裏話～その8～

【心の在り方】

自分の心がどうしても塞いでしまう時。悲しくなってしまう時。それは私にもあります。特に誰かの感情に引っ張られて、自分の気持ちが乱される時は危険です。

コラム2にも書きましたが、そういう相手からは嫌われても気にせず、距離をとって自分の心を整えてください。そう自分にしっかりと言い聞かせておかないと、相手は私に自分が何をしたか、言ったかなんてすっかり忘れているのに、言われて嫌な思いしたこちらがずっとその嫌な気持ちを引きずるのは、まったく必要がありませんから。

ここに気づかないと、いつまでたっても感情を掻き乱される人であり続けてしまいます。実は、昔の私はすぐ人の機嫌を感じ取ってしまって人の機嫌ばかりを取っていました。でもそんなことをしても仕方ない、と気づいたのです。それよりは自分の機嫌を取りましょう。人生は1回しかないのですから。そうしないと、後悔することがたくさんになっていきます。

大事な人を優先せずに、なぜか他の人を優先してしまう、という困ったクセを人間は持っています。大事な人とは、自分と自分の本当に大切な人たちです。

それなのに今日は嫌だけど、誘われて断れなくて、という話をよく聞きます。嫌だったら行かないのが一番良い選択だと思います。でももしどうしても断れない場合には、どうこの時間を使って、何を学ぼうか、と思いながら行きます。

会場に着いたら、何でこの人はこんなに嫌われているのだろう?とじっくりと見ながら分析をしてみます。ああ、この人とは反対の行動をしないといけないな、と考えることもあります。またもしかして私にもこの人と重なる部分があるかもしれないな、と自分を探り、改善するべきところに気づいたりします。

でも自分の大切な時間や人生といった大切な存在に重心を置いて、それらを大切にするために、人には引きずられない、人には影響されすぎないことに気を付けています。

影響されているのはこっち側の勝手なのだと気づいたからです。勝手に影響を受けて、気持ち悪いとか気分が悪いとか、イライラするとか、後悔するなら、もうそこに時間も心も削られる必要は一切ないっていうことを身につけていかないといけないと思います。

こちらが「あの人かわいそうに、嫌われている」と思っているだけで、本人は気持ちよく過ごしていることがほとんどですから。

もし嫌われている自覚があったり、これではいけない、と思っていたら直すはずです。気がついてないということは、本人は幸せだということです。

だったらこちらも、ああ、そういうふうな考えで生きている人もいるんだなぁと思って見ればいい。もし関わらなきゃいけないなら関わるしかないので、どうせ関わるなら、どうやって関わろうか、というように自分の考えを変えて行ったらいいと思います。

これに気づいたのは20代の頃でした。大阪の北新地のママに出会った時です。いくら水商売といっても、お客様の好き嫌いとかもやはりあります。良いお客様もいれば、嫌なお客様もいます。横柄に振る舞う人。お金を払っているからって、好き勝手にわがままを言う人の機嫌を取るのが、ママはめちゃくちゃ上手かったのです。

自分も一切引きずられない。お客様が気持ちよく飲んでくだされればいいわけですから。すごいですね、やっぱりそういうふうに人にこれをやれ、と言える立ち位置までいった人の心の奥底には、どういう考えがありますか、みたいな聞き方をしていました。

「本当はどうなの？やっぱり隙を見せないように生きていかないといけないってしんどくないの？それができるってすごいなと思うんです」とママが話すと「いや俺だって虚勢張ってきて、社長という立場上こういうこともしなきゃいけないんだよ」みたいなことを向こうも言い出すんです。

そこでママが「そうですよね〜。でもね、本当のところ、ここに来たときだけは、それを崩してくれてもいいんですよ」と返す。本当にママはスゴイ人でした。いろいろな方向から人を見ていました。さらに社長さんであることっていうのは、すごいことだと思う、というポイントは決して外さない。

そこがすごいと思いました。「ここでは気楽に崩したらいいじゃないですか」位は誰でも言えたりすると思います。でもママは「今はもう、いくらここで崩したところで、あなたが社長であって普段頑張っている姿や、虚勢を張ってでも生きていかないといけない姿はもうきちんと見えます。その座っている姿勢や、人に対して暴力的なことをしないところから」と上手に言っていました。

「一流の社長さんってやっぱり違いますね」とも。先にこう言われると、逆に暴力的なことはできません。だから不機嫌そうだったお客様のお怒りも、そこで終わっちゃうのです。

ママがセールスをやったら、多分もう世界でもトップクラスのセールスパーソンだろうなと思います。飛行機だって売れちゃうと思います。そういう心の在り方や持ち方、どの位置で行くか、どんなふうに相手のことを見ていこうかという考え方やポジションで、自分の見える世界すら変わって見えるのを目の前でみてきました。

ママはよく、育ってきた環境がその人を今のようにしてしまっただけなのよ、と言って理解していたので、全部がその人のせいじゃない、と受け取っていました。例えば「そうやって頑張っているんですね。トップとして社員の人たちを守っているんですね」とか、「虚勢を張って堂々と生きていかなきゃいけないから、そういう言葉を使わなきゃいけないときがあるんですね。それは何歳ぐらいからなんですか？もしかしてやんちゃでガキ大将で、人から頼りにされていた頃からですか？」など、ちょっと他の人ではとても聞けないようなことをさらりと聞いていました。

「もうすごいな、と思っていて」「いや俺もね、ちっちゃい頃からガキ大将だったな、やっぱりその頃からかなあ」「ガキ大将って人気者でしたよね。なんか助けてくれる素敵な人だったから、今でもそういうところがあるんですね」と、全くおべっかではなく、全部相手が喜ぶことをことばにしていました。

私はそこから心の在り方も、どの角度で考えるかということが大きく影響していると思うようになりました。自分の人生なので自分がどう在りたいかというところは崩せなくていいと思います。

もし他人がある人を見て、嫌だな、酷いな、あの人嫌いだって、いくら思ったとしても、その人はその人で、幸せに生きているなら人様にご迷惑をかけすぎない限りそれでいいんじゃないでしょうか。こうやっていろんな視点から、また高さから角度まで変えてモノを見るということを、若い頃に目の前で見られたのは幸運でした。

あとは時間の使い方です。地球上の全員が平等に持っているものは、一日は24時間ということです。そして時間は体感で長さが変わります。なので、この時間というものをどう使うかというところが大切だと思います。

例えば楽しい時間はあっという間に過ぎてしまうけれど、自分の記憶の中に長く残ります。逆に本当に嫌な人との時間は30分でも凄く長く感じます。

だから忙しいっていうのを漢字にすると、心を亡くすと書くので、逆に心が楽しむ時間を意識的に作るのは自分です。自分にとっての時間の在り方っていうのも、心の在り方のところに繋がっていきます。それは最終的には自分の機嫌の取り方にも関わってきます。

心の在り方、どんなことに時間を使うか。これは人に振り回されずに自分の時間を確保して、気持ちも確保できるかということに繋がり、最終的には自分で自分の機嫌はちゃんと取れることに繋がるのです。

だから心をちゃんと持っておかないと、土台が揺らいでしまいます。心をしっかりと保ち、時間を大切にすることで、時間という、過ぎてしまったら二度と戻らない、大切なものをどう使うかを考え、実際に自分の時間を大切に確保する。それによって心が変わっていくと思います。

私は親の作った借金を長い間をかけて返済しました。そこで思うのは、お金は取り返しができるのです。でも時間だけは巻き戻せません。これは嫌と言うほどわかったので、時間は大切に使いたいと思っています。

借金ができても頑張って働けば、いろんなことをやれば払えます。でもあの時の、ここに戻りたい、はもう2度とできません。ですから今を大切に生きないといけないんです。

自分の機嫌を自分で取って、ちゃんと気持ちよく過ごせる環境にしないといけないと思います。そのために何をやるのか。それを見つけるために行動していく。行動したことで、もっとちゃんと強めた方がいいな、と思うことには大切なお金と時間をかけていく。

こうしていい環境がぐるぐる回っていき、健康も確保できていく、という流れになっていくのではないか、と思います。

51・《人生》

「人は不思議で面白い」

人は不思議で面白い。
そして、人の命は明日もあるとは限らない。
だからこそ今日1日を夢中で進む。
今を大切に！
明日でいいやの「明日」は来ないかもしれないから。
人生は「今」の積み重ねでしかありません。
学べる事が幸せです。
失敗は経験。
このことばを胸に今日も挑戦の行動を続けよう。
人生は一度きり。

最高にするのも自分次第！
幸せとチャンスは自分が作りだせます。
全てのでき事は起こるべくして起こっています。
そのでき事から何を学ぶか、
何を感じるかが大切。
悩み続けても現状は変わらない。
悩む時間より行動する時間！

52.《良いセールスパーソンになるには》

「初めてお会いするお客様に対して」

初めてお会いするお客様に対して
私は常に恋人や大切な家族だと思い接します。

大切な人なら、何かを売ろうと考えることもなく
相手の本質の問題点を一緒に理解して
解決策を必死で考えます。

相手の話を聞いて理解すれば、
その人のことが本気で愛おしくなる私です。

人とのご縁からまたご縁をいただけて幸せです。

53.《良いセールスパーソンになるには》

「プロ意識とロープレ」

ロープレは、スポーツと似ています。
日々積み重ねる練習、という点でよく似ています。

でも練習で満点だとしても、残念ながら当日は70点のできだったりします。

練習をやらずに15点程度のできのままでお客様の元に行くと、
マイナス点の状態になることもあります。

これは、お客様の貴重なお時間をいただく立場として、
とても失礼なことだと思います。

素振りをしないで打席にたつようなものだからです。
スポーツも営業も、日々の基礎練習は大切です。

これは、お客様の前に立つ時は常にプロとして対応することに繫がります。

当たり前のように聞こえるかもしれません。
でもこれができていない人はいませんか？

お客様は、こちらが今日初めてお客様対応する新人なのか、
それとも経験半年なのか、10年なのかは関係がありません。

お客様にとっては、目の前に現れたあなたがプロの代表です。

もし違う人が対応していたら違った結果になったのかも、
なんて考えるのは辞めましょう。

日頃から学び、行動しロープレで練習をして、
そのお客様にプロとしてしっかり対応できる
唯一無二の人になれるようにしておきたいですね。

54.《人生》

「もし今日が人生最後の日だとしたら」

もし今日が人生最後の日だとしたら
何を思いますか。

人の目を気にしますか?
この事に自分がするメリットがあるか考えますか?
噂話が気になりますか?
これをやりたかったけど、わからないからやめておこうと思いますか?
お金の事ばかり気になりますか?

人生最後の日なんだから、そんなこと気にしている場合じゃないですよね。
今日がもし人生最後の日だとしたら私は何を優先するのか。

そう考えて今日もスタートします。

55.《成功する人の考え方》

「やるなら今からやろう！」


やるなら今からやろう！すぐにやろう！できる、と自分を信じてあげよう！

これとあれが、まだ準備できてない。これは、まだ私には無理。無理、無理、無理～。

そんな自分とさよならしたら、面白い事が次々と目の前に現れました。


やろうと思えば、今の自分ならできる！そう信じてあげましょう。

成功した人は、自分を信じて行動した人。

チャンスの神様は、ちゃんと全員がチャンスを掴めるよう、準備してくれているんです。

今の自分ならできる！それだけを信じて、あとは身体を動かすだけ！


わたしはできる！！そして感謝の気持ちを忘れない！！

これさえ持って走りだせば、結果は必ず後からついてきます。

それも、思っていたよりもずっと素晴らしい結果が。

だから、今からやろう！

付録：あなたに《ご縁》

人と人の繋がりは、
必ず運命で決まっていると聞いたことがあります。
本当にそうだなって思います。

繋がるべくして繋がる。

そして、どんな出会いも必ずや意味がある。
その意味を理解しながら出会いをご縁にしていきたいです。

おわりに

ここまでこの本を読み進めてくださった皆さん、本当にありがとうございます。この本を通じて、あなたに何か一つでも心に響くことばの「タネ」をお伝えできたとしたら、私はとても嬉しく思います。

私がこの本を執筆した背景には、これまでの人生で感じてきたことや、経験を通じて得た学びがあります。だれの人生も決して簡単なものではないように、私も多くの困難に直面してきました。その中で私自身がずっと追い求めてきたのは「自分の人生は自分で創り出せる」「人生はいつからでもやり直せる」ということでした。

これを追い求める途上で、多くの本と人生の師匠と呼べる人達との交流がありました。そしてたくさんのお客様との出会いを通じて、私は「ことば」で自分を養い、考えを深め、自分の思いを明確にし、人に伝え、また人に寄り添うための問いかけを学んできました。

こうして「ことばの力」に支えられて生きてきた私ですが、ことばと同じくらい大切だと思っているのは「まず行動すること」です。私たちが何かを変えたい、成し遂げたいとどんなに強く願っても、頭の中で考えているだけでは何も変わりません。行動を起こすことが、変化の始まりです。

《行動することの大切さ》

私がこれまで学んできた大切なことの一つに「考えたら、まずは行動しよう」というものがあります。人は時として失敗をしたくない、と思い、行動する前にあれこれと考えすぎてしまうことがありますす。コラムの中に書いた「まだ」や「○○できてから」という言い訳をしながら、行動を先延ばしにしてしまいがちです。しかし、実際に自分が行動してみると、行動したから初めて見えてくることがたくさんある、と気づくはずです。

それらは行動しなければ、決して見えなかったものです。だからこそ私は、どんなに小さなことでも、まずは行動に移すことが重要だと考えています。行動することで、考えていただけ、思っていただけだったことを、世界にぶつけて答えを得られるのです。もちろん行動したら、必ず自分が望むような結果が得られるわけではありません。仮にその行動の結果が思ったようではなかったら、それをただ「失敗だった」と大慌てで自分の記憶の奥底にしまって、二度と見ない、考えないようにするのは、とてももったいないことです。

なぜなら、失敗は単なる失敗ではないからです。失敗は学びのチャンスです。ですから「思い出したくない。悔しい。恥ずかしい」とその記憶を隠すのではなく、事例としてしっかり見直してみることをおススメします。

「何をどうすればよかったのか」「もし同じことがあったら、何をもっと工夫できるか」を考え、次に生かせばいいのですから。ですから行動をしてマイナスになることはない、と私は考えています。行動はプラスしか生み出さないのです。こうした考えと行動と見直しの限りない繰り返しが、あなたの成長と成功の鍵となります。私がそうだったように。

《人に引きずられないことの大切さ》

また、私はこの本を通じて、あなたに「人に引きずられないこと」の大切さをお伝えしてきました。私たちは、他人の意見やちょっとしたことばに影響されがちです。もちろん、他人の意見を聞くことやアドバイスを受けることは大切ですが、それに引きずられて自分の心の安定を失ってしまっては、本末転倒です。

私は、他人の思惑には左右されず、本質を見抜いて一歩一歩、自分の力で進んでいくことが成功への重要な要素だと考えています。もちろん、周囲の人々からのフィードバックは貴重な情報源ですが、それに過剰に振り回されるのではなく、いつも自分自身の内なる声と照らし合わせて判断することが大切です。

《つまづいたときこそこの本を活用してください》

人生には、誰しもつまづく時があります。計画通りにいかないこと、予期せぬ困難に直面することもあるでしょう。なんで自分だけがこんな思いをしなければいけないんだろう、と悲しくなる時もあるかもしれません。そんなときこそ、ぜひこの本をもう一度開いていただきたいと思います。該当する部分だけでも良いので、再び読み返し、ヒントを得ていただけたらとても嬉しいです。

特に、繰り返しお伝えたいのは、行動し、その結果から考え、次に生かすというサイクルを大切にすることです。つまづいた時に、そのまま「自分には無理なんだ」と諦めてしまうのではなく、そのつまづきから学ぶことで、次に進むべき道が見えてきます。人生はいつだってやり直しがきくのですから。

そして、こうした経験を積み重ねることで、あなたの中に強さと柔軟性が育まれます。それはあなたにとって、唯一無二の宝物になるのです。

私自身も、親の作った莫大な借金を一人で返済する、という困難を抱えて生きてきました。子どもの頃から、人生はそんなに私に優しくはありませんでした。それでも真っ暗闇に取り残されたような気持になった時も、目を凝らしたら見えてきた微かな「人の優しさ」という灯に導かれ、ここまで進んでくることができました。

人の優しさや、ご縁というもののありがたさを20代で学べたのは、見ようによっては過酷でしたが、今振り返ると、素晴らしい人生の師匠にも巡り会え、目の前で学ばせてもらえた時期でもありました。

そして私の人生にはいつも「ことば」が溢れていました。様々なことばの力によって私は支えられ、学び、人の気持ちを理解し、人を見る目を養うことができました。この本の中にある「ことば」が同じようにあなたの支えになりますように、と願っています。

あなたへのメッセージ

この本を読み終えたあなたが、これからどのような道を歩んでいくのか、私はとても楽しみにしています。この本が、あなたの人生において何らかの形でお役に立ち、あなたが明日もまた一歩を踏み出すための力となれば、これ以上の喜びはありません。

あなたがこの本を通じて得た気づきや学びを、ぜひ行動に移してくださいますように。そして行動した結果を見つめ、次にはちょっと工夫をしていくことで、あなた自身でご自分の人生を創っていってください。どんなに小さな一歩でも、前に進むことが大切です。その一歩一歩が、やがて大きな成果となって現れるからです。

最後に、あなたがどんな困難に直面しても、他人に引きずられることなく、自分の人生は自分で創りだせると信じて道を歩み続けることを心から願っています。

人生はいつからでもやり直しができます。人生の途上には多くの選択肢がありますが、もし間違えてしまった、と思ったら、もう一度あなた自身が納得できる道を選んでください。この本が、その道を選ぶ際の一助となることを願ってやみません。

そして、もし再び迷ったり、立ち止まることがあれば、ぜひこの本に戻ってきてください。繰り返し読むことで、新たな発見や気づきが得られるかもしれません。私が経験してきたこと、学んできたことが、あなたの人生にとって少しでも役に立つことを心から願っています。

ここまでお読みいただき、本当にありがとうございました。あなたの人生が、あなたが思ったとおりの着地点まで辿りつけますように。そして、そんな人生が、あなた自身の手によって創りだされることを信じています。

ご縁に感謝です。

人生を変えた 55 の言葉

発行日 2024 年 11 月 26 日 初版第一刷発行
著 者：原田 聖子

企画・制作：Belle femme 出版

発行　合同会社 Pocket island
住所　〒 914-0058 福井県敦賀市三島町 1 丁目 7 番地 30 号
メール info@pocketisland.jp

発売　星雲社 (共同出版社・流通責任出版社)
住所　〒 112-0005 東京都文京区水道 1-3-30
電話　03-3868-3275

印刷・製本　モリモト印刷

落丁本、乱丁本は送料負担でお取り替えいたします。
ISBN 978-4-434-35050-4 C0093